COLLECTION FOLIO

Carlos Fuentes

En bonne compagnie

suivi de

La chatte de ma mère

Traduit de l'espagnol (Mexique)
par Céline Zins

Gallimard

Ces nouvelles sont extraites d'*En inquiétante compagnie*
(Du monde entier).

Titres originaux :
LA BUENA COMPAÑÍA
LA GATA DE MI MADRE

© *Carlos Fuentes, 2003.*
© *Éditions Gallimard, 2007, pour la traduction française.*

Carlos Fuentes est né à Mexico en 1928. Fils de diplomate, il a poursuivi des études au Chili, en Argentine et aux États-Unis et reçu une éducation cosmopolite. En 1955, il participe avec l'écrivain Octavio Paz à la création de la *Revista mexicana de literatura* à Mexico. Trois ans plus tard, il publie son premier roman, *La plus limpide région*, un fourmillant tableau du Mexique des années 1950. En 1962, dans *La mort d'Artemio Cruz*, Fuentes fait revivre, à travers le prisme d'un destin particulier haut en couleur, toute l'histoire de la bourgeoisie issue de la révolution mexicaine du début du XXe siècle. De 1975 à 1977, il est ambassadeur du Mexique à Paris, où il avait longuement vécu auparavant. Il enseigne ensuite en Europe et aux États-Unis et se lie avec Gabriel García Márquez, Milan Kundera, William Styron, Juan Goytisolo. En 1975, il publie *Terra nostra*, une œuvre dans laquelle se mêlent l'histoire universelle et une imagination foisonnante. Il a reçu de nombreux prix : le prix national de littérature du Mexique en 1984, le prix Cervantes en 1987, le prix prince des Asturies en 1994. Il vit la plus grande partie de l'année à Londres.

Carlos Fuentes, auteur d'une quinzaine de romans, de récits, de nouvelles et d'essais dont *Cervantes ou la critique de la lecture*, est aujourd'hui considéré comme l'un des chefs de file de la littérature sud-américaine. Comme Carpentier ou Borges, il a su extraire le merveilleux d'un réel ordinaire et se considère comme un « passeur de cultures » entre le Vieux Continent et le Nouveau Monde.

Découvrez, lisez ou relisez les livres de Carlos Fuentes :

LES ANNÉES AVEC LAURA DIÀZ (Folio n° 3892)

APOLLON ET LES PUTAINS (Folio 2 € n° 3928)

CHRISTOPHE ET SON ŒUF (Folio n° 2471)

DIANE OU LA CHASSERESSE SOLITAIRE (Folio n° 3185)

L'INSTINCT D'INEZ (Folio n° 4168)

LA MORT D'ARTEMIO CRUZ (Folio n° 856)

L'ORANGER (Folio n° 2946)

LOS HIJOS DEL CONQUISTADOR / LES FILS DU CONQUISTADOR (Folio Bilingue n° 101)

LAS DOS ORILLAS / LES DEUX RIVES (Folio Bilingue n° 148)

LA PLUS LIMPIDE RÉGION (Folio n° 1371)

LE SIÈGE DE L'AIGLE (Folio n° 4605)

TERRA NOSTRA (Folio n°s 2053 et 2113)

LE VIEUX GRINGO (Folio n° 2125)

LA DESDICHADA (Folio 2 € n° 4640)

LE BONHEUR DES FAMILLES (Folio n° 5111)

EN BONNE COMPAGNIE

À Enrique Creel de la Barra.
For old time's sake

1.

Avant de mourir, la mère d'Alejandro de la Guardia l'avait prévenu de deux choses. La première, c'est que le père du garçon, Sebastián de la Guardia, n'avait pas laissé d'autre héritage que cet appartement *délabré** de la rue de Lille. Ce qui n'était pas rien. Mais cela ne suffisait pas pour vivre. Il pourrait continuer à le louer. La vie de rentier était une vieille occupation de la famille. Rien de déshonorant là-dedans.

Le problème, c'était les tantes. Les sœurs de la mère d'Alejandro. Les grands-parents de la Guardia avaient fui le Mexique aux premières étincelles de la Révolution, assurés qu'une fois leurs

---

* Les mots en italique suivis d'un astérisque sont en français dans le texte. *(N.d.T.)*

haciendas expropriées par la réforme agraire zapatiste, ils auraient néanmoins de quoi vivre confortablement en Europe grâce aux investissements qu'ils y avaient très opportunément effectués. Biens immobiliers, valeurs financières, objets... Toutes sortes de choses.

— Ton père était un panier percé. C'était un de ces enfants aristocratiques qui s'étaient intégrés en France, mais qui avaient toujours peur d'être considérés comme des « métèques », des étrangers indésirables, au fond, seulement acceptés dans la mesure où ils avaient – et dépensaient – de l'argent.

La ruine fut amorcée par le grand-père, convaincu que les Européens l'accepteraient s'il offrait de grands raouts, des fêtes extravagantes, des bals masqués, des nuits de ballets russes, des croisières en yacht... Il dissipa la moitié de la fortune gagnée dans le pulque en une vingtaine d'années folles et joyeuses.

Le père d'Alejandro se chargea de liquider l'autre moitié. Arriva un moment où il ne restait plus qu'un petit tas de pièces d'or. L'épouse de la Guardia, mère d'Alejandro, assistait avec résignation à la diminution du nombre de pièces, tels des jetons de casino aux mains d'un *croupier** malhonnête.

— Le jour où il ne resta plus une seule pièce, ton père partit errer dans les rues, désespéré. On le retrouva mort le lendemain matin. Il eut, au moins, la décence de...

Doña Lucila Escandón de la Guardia mit en location la maison de la rue de Lille, voisine du palais de Beauharnais, et se trouva un trois-pièces sous les combles derrière la place Saint-Sulpice. Elle se mit à donner des cours de cuisine exotique tout en élevant Alejandro, orphelin de père à l'âge de neuf ans. À présent, épuisée, repliée sur elle-même, presque toujours silencieuse, comme si la tristesse lui avait ôté la parole, doña Lucila apprit le décret mortel – un mois, deux tout au plus. Elle décida de parler, d'abord pour le lui annoncer, ensuite pour lui laisser des instructions, à son fils Alejandro, produit quasi héroïque des sacrifices maternels, reçu avec mention à l'implacable baccalauréat, mais pas en mesure de poursuivre des études universitaires et qui se trouvait en ce moment employé subalterne à l'office du tourisme mexicain, maître d'un castillan parfait que sa persévérante mère lui avait enseigné d'une discipline de fer – « la lettre s'acquiert par le sang » – et qui s'était depuis longtemps résignée à s'adapter et à travailler avec les représentants de la Révolution, tout en maintenant le refus de leur accorder tout lien social, et encore moins intime.

Elle fit sa deuxième annonce.

— Il te reste au Mexique tes vieilles tantes, mes sœurs aînées. Elles se sont débrouillées pour garder des propriétés, des devises dans des banques nord-américaines et, je pense, des bijoux cachés dans la maison. Elles ont toujours considéré avec agacement et mépris les frasques de ton père. Elles ne m'ont jamais aidée. « Pourquoi as-tu épousé ce panier percé ? » me reprochaient-elles.

La dame poussa un soupir comme si elle comptait les gouttes d'air qui lui restaient dans les poumons condamnés.

— Que me proposes-tu, mère ? Que je me rende au Mexique et que je séduise les tantes pour qu'elles me lèguent leur héritage ?

— Exactement. Elles n'ont personne d'autre dans la vie. Elles sont restées vieilles filles. Attire-toi leurs bonnes grâces.

Doña Lucila marqua une pause dans laquelle on ne pouvait faire la part entre le besoin de repos et la concentration de pensée.

— Ce sont des célibataires aigries.

— Comment s'appellent-elles ?

— María Serena et María Zenaida. Mais ne te laisse pas tromper par les prénoms, mon fils. Zenaida est la gentille et Serena la méchante.

— Elles ont peut-être changé avec le temps, maman.

— Ce serait un miracle. Je me souviens d'elles quand j'étais petite fille. Elles me torturaient, elles m'attachaient les pieds et les mains, elles approchaient des allumettes enflammées de mes pieds nus… elles m'enfermaient dans le placard…

Alejandro sourit :

— L'âge les a peut-être assagies.

— L'arbre qui pousse de travers…, murmura doña Lucila.

Alejandro sourit de nouveau. Un sourire « moderne », naturel, loin des ricanements propres au Nouveau Monde.

— Je m'efforcerai de leur plaire à toutes les deux.

— Essaie, Alejandro. Avec le loyer de la maison et ton modeste salaire, tu n'iras pas bien loin…

Elle lui caressa la joue :

— *Mon petit chou**. Tu vas me manquer.

Alejandro sourit. Ce furent les dernières paroles de sa mère.

2.

C'était un jeune homme sympathique. Les gens le lui disaient. Le miroir le lui disait aussi. Cheveux roux et frisés. Teint cannelle. Nez droit. Yeux dorés. Lèvres frémissantes. Menton tranquille. Taille un mètre soixante-dix-neuf. Soixante-dix kilos. Une garde-robe réduite, mais bien choisie. Mains de pianiste, lui faisait-on remarquer. Doigts longs sans être avides. Des petites amies occasionnelles. Se laissant inviter plutôt qu'initiateur. Le cousin d'Amérique, en quelque sorte. Le *métèque* accepté avec un sourire cordial de patronage.

Après la mort de doña Lucila, Alex se dit que plus rien ne le retenait en France. Son emploi l'ennuyait, le revenu de la rue de Lille était modeste, les filles n'étaient que de gentilles passades... Le Mexique, les tantes, la fortune. Voilà l'horizon qui le tentait.

Il écrivit à ses tantes. Doña Lucila était morte. Plus rien ne le retenait en France. Il souhaitait, après tant d'années d'exil héréditaire, retourner au Mexique. Pouvait-il habiter chez elles en attendant de trouver un logement ?

Il joignit à la lettre une photo de lui en pied, afin qu'il n'y ait pas de surprises. Il reçut deux lettres séparément. L'une signée de María Serena Escandón, l'autre de María Zenaida du même patronyme. Toutes deux l'accueilleraient avec plaisir. Les deux lettres étaient identiques.

« Cher neveu, nous t'attendons avec joie. »

Pourquoi n'avaient-elles pas signé toutes les deux une seule et même lettre ? Pourquoi deux lettres ? Alejandro décida de ne pas se laisser troubler par ce mystère. Ni par aucun autre qui pourrait l'attendre. Les tantes étaient deux vieilles excentriques. Alex décida de s'immuniser d'avance contre tout caprice des demoiselles.

À l'aéroport, l'attendait un chauffeur de taxi portant un écriteau avec le nom « Escandón ».

— C'est vous ? On m'a demandé par téléphone de venir vous chercher.

Le taxi le déposa devant une vieille maison de la Ribera de San Cosme. Habitué à la parfaite symétrie des tracés parisiens, Alex commença par se sentir désorienté par le chaos urbain du District Fédéral, puis il trouva cela déplaisant, mais il finit par en être fasciné. Mexico lui parut une ville sans limites, livrée à sa propre vitesse, ayant perdu ses freins, prête à rivaliser avec l'infini, remplissant le moindre espace vide, avec n'importe quoi, murets, bicoques, gratte-ciel, toits de tôle, murs de carton, monceaux d'ordures, ruelles sordides, panneau publicitaire sur panneau publicitaire...

Les beautés qui ponctuaient la ville – une église baroque ici, là un palais de *tezontle*, un jardin entrevu – donnaient un aperçu de sa profondeur, à l'opposé de son extension. Car Mexico était aussi – Alejandro de la Guardia le savait grâce à sa belle et inoubliable mère – une ville aux couches superposées, cité aztèque, coloniale, néoclassique, moderne...

Il fut donc content que la maison devant laquelle le déposa le taxi fût ancienne. Simplement ancienne. Un étage et une façade de pierre grise, élégante, négligée – élégamment négligée, se dit Alex – où manquaient çà et là quelques pierres, le tout surmonté d'une terrasse plate, car les toits à proprement parler, au sens européen, n'existaient pas à Mexico. Il l'avait remarqué du haut du ciel. Des toits-terrasses et encore des toits-terrasses, sans relief, beaucoup de cuves de réserve d'eau, mais aucune toiture à pente, aucune lucarne, pas même les tuiles rouges du folklore hollywoodien...

Une maison de pierre grise, sévère. Trois marches pour accéder à une porte de fer noir. Deux fenêtres munies de grilles de part et d'autre de la porte d'entrée. Et deux visages penchés entre les rideaux de chacune des fenêtres. Alejandro saisit ses valises. Le chauffeur de taxi lui déclara :

— On m'a dit de vous demander d'entrer par la porte de derrière.

— Pourquoi ?

Le chauffeur haussa les épaules et partit.

María Serena et María Zenaida. Il n'avait jamais vu de photos récentes des deux sœurs de sa mère. Rien que des photos d'enfant. Il ne pouvait donc savoir laquelle des deux était la vieille dame, de petite taille et rondelette, qui vint lui ouvrir la porte arrière.

— Tante, dit Alex.

— Alejandro ! s'exclama la dame. Comment ne pas te reconnaître ! Tu es le portrait vivant de ta mère ! Jésus me protège ! Bénis soient les yeux !

Alex se pencha pour déposer un baiser sur la joue coquettement rehaussée de rouge. Elle lui chuchota à l'oreille, comme s'il s'agissait d'un secret :

— Je suis ta tante Zenaida.

Elle avait les cheveux complètement blancs, mais la peau restait fraîche et parfumée. Elle sentait, à vrai dire, le savon à la rose. Elle était vêtue d'une robe à fleurs, avec un col de piqué banc, comme une collégienne. Jupe longue aux chevilles. Souliers blancs à talons plats, comme si de prendre un peu de hauteur risquait de la faire tomber. Avec des socquettes blanches, toujours dans le style écolière.

— Entre, entre, mon garçon, dit-elle au jeune homme avec un rire chantant. Tu es chez toi. Veux-tu te reposer ? Préfères-tu te retirer dans ta chambre ? Je te prépare un petit chocolat ?

La demoiselle l'invita à entrer d'un geste du bras. Ils étaient dans la cuisine.

— Merci, ma tante. Le voyage depuis Paris est éprouvant. Je me reposerais bien un peu. Et puis faire connaissance avec la tante María Serena. J'aimerais vous inviter à dîner dehors...

Alejandro prodiguait ses sourires.

La tante perdait les siens.

— Nous ne sortons jamais de la maison.

— Ah bon ! Alors j'irai saluer votre sœur, puis...

— Nous ne nous parlons pas, dit María Zenaida dont le visage parut esquisser une moue.

— Alors...

Alex tendit les mains, résigné.

— Nous nous partageons le salon, avoua la tante María Zenaida, la tête basse. Elle reçoit le soir. Moi dans la journée. Je vais te montrer ta chambre.

Elle sourit de nouveau.

— Mon enfant chéri ! Fais comme chez toi. Jésus nous garde !

3.

La pièce qu'elles lui avaient réservée dans la partie arrière du rez-de-chaussée donnait sur ce jardin public laissé à l'abandon où quelques gamins de neuf à treize ans jouaient au football. Il aperçut, plus loin, un train qui passait et il entendit le long sifflement de la locomotive.

Il jeta un coup d'œil à la chambre. Elle n'était pas luxueuse. Le lit ressemblait plutôt à une couchette. Les murs étaient nus, à l'exception d'un calendrier vieux de quinze ans et de la reproduction des volcans, le Popocatépetl et l'Iztaccíhuatl, incarnés par une femme endormie et un guerrier qui veille sur son sommeil. La chaise avait un siège de bois et formait un tout avec le pupitre d'écolier qu'Alex ouvrit pour constater qu'il était vide.

La salle d'eau adjacente était dotée du strict nécessaire : baignoire, W.-C., lavabo, miroir…

Dans la chambre, un rideau cachait un placard improvisé où étaient suspendus une demi-douzaine de cintres en fil de fer.

Alex aurait voulu défaire sa valise au plus tôt. La fatigue fut la plus forte.

Il était six heures du soir, il tomba, épuisé, sur la couchette. Il n'arrivait pas à dormir en avion et il n'avait jamais fait de vol aussi long que la traversée de l'Atlantique.

Il se réveilla, inquiet, deux heures plus tard. Il se précipita dans la salle de bains, s'aspergea la figure, se coiffa, rajusta sa cravate et enfila sa veste.

Il sortit pour aller saluer la tante María Serena, puisqu'il savait que c'était elle qui *recevait* à cette heure.

La dame était assise, toute droite, au milieu d'un canapé tout aussi raide, qu'elle occupait comme s'il s'agissait d'un trône. Le salon était éclairé par des bougies. La tante l'attendait – ce fut son impression – immobile, les deux mains appuyées sur la tête d'ivoire – celle d'un loup – de sa canne. Toute vêtue de noir, avec une jupe aussi longue que celle de sa sœur María Zenaida, qui la recouvrait jusqu'à la pointe de ses bottines noires. Elle portait une blouse noire à volants, un camée pour seul ornement sur la poitrine et un collier de chien noir autour du cou.

Le visage blanc se refusait à tout maquillage ; toute l'expression l'affirmait hautement : les frivolités ne sont pas pour moi. Pourtant, elle était coiffée d'une perruque acajou, sans le moindre cheveu blanc, mal ajustée sur sa tête. Sa seule coquetterie, se dit Alex en réprimant un sourire, était un antique *pince-nez** – des « *quevedos* », en espagnol, comme le lui avait appris sa mère –, ces lentilles sans branches qu'elle portait fièrement plantées sur l'arête du nez. Alejandro, en habitué de la cinémathèque française de la rue d'Ulm, les associa au souvenir du lorgnon brisé et ensanglanté de la femme blessée sur les marches d'Odessa dans *Le cuirassé Potemkine*...

— Bonsoir, ma tante.

Elle ne répondit pas. Elle se contenta de lever une main impériale pour indiquer un siège à Alex.

— Je vais droit au but, mon neveu, comme j'en ai l'habitude. La décision de ta mère d'épouser un panier percé comme ton père nous a éloignées d'elle. Lorsque la Providence t'a prodigué les biens de sa corne d'abondance, tu dois affronter Dieu si tu les dilapides. Nous avons souffert pour ta mère, je t'assure. Nous avons été contentes d'apprendre que tu venais nous rendre visite.

— Le plaisir est pour moi, tante Serena.

— J'ignore tes projets...

— Je voudrais trouver du travail, je voudrais...

— Ne te presse pas. Prends ton temps. Tu es ici chez toi.

— Merci.

— Mais tu dois respecter nos règles. Je serai franche. Ma sœur et moi ne nous entendons pas bien. Des caractères trop opposés. Des horaires distincts. Comprends-le et tiens-en compte.

— Je n'y manquerai pas.

— Deuxième règle. Tu ne dois ni entrer ni sortir par la porte principale. Ne passe que par la porte de derrière, celle qui donne sur le jardin public, près de ta chambre. Tu peux sortir de la cuisine directement dans le square.

— Oui, j'ai remarqué.

— Que personne ne te voie entrer ou sortir.

— Quels sont les horaires des repas ? demanda Alex pour changer de sujet, car celui de la tante l'agaçait.

— Déjeuner à deux heures. Toi et ma sœur. Dîner à vingt heures. Toi et moi.

— Et le petit déjeuner ? Mais ne vous inquiétez pas. J'ai l'habitude de me le préparer moi-même.

— À toi de ne pas t'inquiéter, mon enfant – elle sourit pour la première fois. Panchita arrive à six heures du matin pour faire le ménage et préparer les repas. Je te préviens : elle est sourde-muette.

Elle me regarda, réellement, avec quatre yeux, comme si les verres du pince-nez avaient une vie autonome par rapport aux yeux myopes.

Elle se leva.

— Et maintenant nous allons dîner ensemble. Raconte-moi tout.

C'était un repas froid servi sur la table d'une salle à manger sombre, éclairée, comme le salon, par des chandelles. La tante allait se servir de l'assortiment de viandes – jambon, rosbif, blancs de poulet – quand Alex la devança en lui présentant le plat.

— Que voilà un galant jeune homme, dit María Serena avec un nouveau sourire. Et maintenant, raconte-moi ta vie.

4.

Alex dormit profondément et se leva tôt. Il fit sa toilette, puis se rendit dans la cuisine. Panchita avait déjà préparé un pot de café et une assiette de petits pains briochés. Alex la salua d'une inclination de la tête. Panchita ne lui répondit pas. C'était une Indienne sèche, d'âge indéterminé, les cheveux parfaitement noirs, tirés en chignon sur la nuque. Alex surprit un sourire quand la domestique s'approcha pour faire chauffer des tortillas sur un vieux réchaud. Panchita n'avait pas de dents et c'était peut-être la raison pour laquelle, en plus d'être muette, elle n'ouvrait pas la bouche. Elle était petite, comme ses patronnes, mais dans le genre malingre et noueux.

Alex lui adressa un regard souriant. Elle lui rendit un regard triste et résigné. Elle se lava les mains. Ôta son tablier. Croisa son *rebozo* sur sa poitrine. Ouvrit la porte de derrière. Puis elle se retourna et regarda le jeune homme avec une expression insondable d'inquiétude et de mise en garde. Elle sortit. Alex resta à boire son café, les yeux tournés vers le square où des enfants jouaient au football.

Des tantes, pas le moindre signe.

Alex sortit dans le square, fit le tour de la

maison et se retrouva dans l'avenue de la Ribera de San Cosme.

Là, il constata un état de grand délabrement. Il n'y avait plus de maisons anciennes comme celle des tantes. Ce qui était frappant, c'est que les immeubles qu'on pouvait qualifier de « modernes » offraient un spectacle de fenêtres sans vitres, ou aux vitres cassées, de murs fissurés, de portes obstruées par des sacs noirs remplis d'ordures, des portes qui ouvraient sur de grandes cours entourées de bâtiments à un étage. Il pénétra dans l'une d'elles.

Les femmes agglutinées sur les passerelles à rambardes de fer le regardèrent d'un œil indifférent. Peut-être ne le regardèrent-elles même pas.

Une fois ressorti, il commença à percevoir l'agitation citadine, le passage des automobiles et des piétons, la rumeur des petits commerces – quincailleries, éventaires d'étoffes, bazars, marchands de bonbons, boutiques dégageant des odeurs de fromage et de lait.

Des gens occupés. Personne ne faisait attention à lui. Il tenta un salut.

— Bonjour.

Personne ne lui répondit. Regards fuyants.

Il retourna à la maison et rentra par où on lui avait dit. La porte de derrière.

María Zenaida était dans la cuisine, en train de préparer le déjeuner.

— Enfant de mon cœur, lui dit-elle en lui plantant un baiser sur le front, que vas-tu faire aujourd'hui ?

— Eh bien, répondit Alejandro d'un ton hésitant. Je ne connais pas la ville. Je vais peut-être commencer par un peu de tourisme.

Il sourit. Elle ne lui retourna pas son sourire.

— La ville est devenue très dangereuse, Alejandro. Ne va pas à pied. Il pourrait t'arriver des ennuis.

— Je prendrai l'autobus. Un taxi.

— Tu peux te faire enlever.

Zenaida découpait minutieusement les tomates, les oignons, les carottes sur une planchette.

Il rit.

— Il n'y aurait personne pour payer la rançon.

— Tu es très distingué. Bien habillé. Beau. Tu as l'air d'un riche.

— Vous voulez que je me mette en jean et sweat-shirt pour passer inaperçu ?

— Tu n'en serais pas moins beau. Le lévrier a la race dans le sang.

— Il ne faut pas exagérer, ma tante.

— Convoitable..., dit-elle les yeux pleins de larmes.

— Est-ce que je peux vous aider ? Les oignons...

— Je me débrouille – la tante lui adressa un sourire en secouant la tête.

Alex attendit sans avoir rien à faire, allongé sur son lit, jusqu'à deux heures de l'après-midi avant d'aller déjeuner avec la tante María Zenaida.

Cette fois, le plat unique était servi. Une soupe de légumes abondante.

— Alex, après le déjeuner, tu devrais aller faire un tour.

— Je suis sorti ce matin. Je n'ai rien vu d'intéressant, ma tante. En plus, vous m'avez vous-même prévenu que…

— Ne t'occupe pas de ce que je dis. Je suis une vieille radoteuse.

— Eh bien, j'irai faire un tour.

— Tu sais – la tante leva le nez de son assiette –, les voisins croient que personne ne vit dans cette maison. Comme nous ne sortons jamais…

— Ma chère tante, je suis votre invité, dit Alex poliment. Vous pouvez disposer de moi, vous et votre sœur.

— Ah, mon petit, tu ne sais pas ce que tu dis…

— Pardon ?

— Montre-toi dans la rue. Pour qu'on pense que quelqu'un… que nous… sommes encore vivantes…

Alex eut une expression de surprise.

— *Encore*, ma tante ? Pourquoi, on vous croit mortes ?

— Excuse-moi, Alejandro. Je voulais dire, que nous sommes en vie...

— Je ne vous comprends pas. Vous voulez que je sorte pour que les gens croient que vous et votre sœur êtes, ou êtes encore, en vie ?

— Oui.

— Alors pourquoi m'obligez-vous à sortir par la porte de la cuisine ? Personne ne va comprendre...

Zenaida baissa la tête et se mit à pleurer.

— Tout cela m'embrouille terriblement, sanglota-t-elle. Serena est plus intelligente que moi. Demande-lui de t'expliquer.

Elle se leva brusquement et s'éloigna en faisant de petits bonds, comme une lapine.

Alex passa son après-midi à lire. Cette arrivée inespérée dans un pays nouveau et une maison nouvelle, sans nécessité immédiate de travail, était une aubaine pour s'adonner à la lecture. Il avait apporté, tel un cordon ombilical le reliant à Paris, *La Confession d'un enfant du siècle* d'Alfred de Musset. L'éducation française lui permettait de plonger, grâce à Musset, dans une époque romantique, post-napoléonienne, pendant laquelle Alejandro de la Guardia aurait secrètement aimé vivre. Il s'imaginait vêtu, coiffé, meublé comme un dandy de l'époque. Il lisait :

Quand la passion emporte l'homme, la raison le suit en pleurant et en l'avertissant du danger :

mais dès que l'homme s'est arrêté... la passion lui crie : « Et moi, je vais donc mourir ? »

Cette exaltation de la passion n'existait plus en France. Au Mexique non plus, sans doute. Alejandro de la Guardia se résolut à son unique certitude juvénile : la résignation.

Oui, on trouvait chez Musset la meilleure représentation d'une époque. Mais Alex avait emporté aussi, pour alterner les lectures – une vieille habitude à lui –, une édition de poche de *La vérité sur Bébé Donge* de Simenon. Musset regardait son temps de face, tant pour l'amour que pour la guerre. Simenon observait le sien par le trou de la serrure. Alex se sentait un peu fils des deux.

Il sortit à huit heures pour dîner avec la tante Serena. C'est-à-dire qu'il passa de la chambre à côté de la cuisine à la salle à manger où l'attendait déjà, assise au bout de la table, la vieille tante. Dès que le neveu se fut assis, elle lui servit une tasse de chocolat épais et fumant. Un assortiment de petits pains sucrés complétait le repas. Le jeune homme s'attendait peut-être à un repas plus consistant et son regard déçu n'échappa pas à l'attention de la tante.

— Ceci est ce que nous appelons au Mexique un goûter, mon neveu. Un dîner léger pour dormir léger. Nous sommes à plus de deux mille mètres d'altitude et un repas plus lourd te donnerait, excuse-moi, des *cauchemars*.

Alex sourit poliment.

— Je suivrai la coutume du pays, *comme il le faut**.

Serena lui adressa un regard sévère, comme si elle attendait une question qui n'arrivait pas.

— Rien d'autre ? demanda la tante.

Alex comprit le regard et se souvint.

— Ah oui, doña Zenaida m'a redit que je devais toujours emprunter la porte de derrière, jamais l'entrée principale.

— Exact.

Serena trempa une *campechana* dans son chocolat.

— Elle m'a aussi recommandé de me montrer dans la rue.

Il l'imita. Le pain dans le chocolat.

— Pour qu'on croie que vous êtes vivantes.

Les mots lui sortirent difficilement de la bouche. Doña Serena avala énergiquement son morceau de brioche enrobée de sucre.

— Ma sœur s'exprime mal. La pauvre. Quand elle dit « pour qu'on croie » que nous sommes vivantes, elle entend « vivantes » au sens de « la maison n'est pas inhabitée ». C'est tout.

Alex insista. Le baccalauréat français est rationnel et méthodique.

— En ce cas, pourquoi tenez-vous à ce que

j'entre et sorte en cachette, par l'arrière, au lieu de passer par l'entrée principale ?

La vieille lui adressa un regard multiple. C'est-à-dire qu'elle le scruta de son pince-nez à l'ancienne derrière lequel nageait son regard myope, mais derrière ce dernier en perçait un autre, le regard de son âme, se dit le jeune homme. Ce regard était si sombre et insondable qu'il lui donnait envie de plonger, ne fût-ce qu'un instant, dans l'esprit de cette femme.

— C'est une énigme, finit par répondre Serena après avoir dégluti la *campechana*.

Alex afficha un sourire de politesse.

— Les énigmes sont au nombre de trois dans les contes, doña Serena. Et celui qui arrive à les résoudre reçoit une récompense.

— Tu auras la tienne, dit la vieille dame avec un sourire désagréable.

Alex ne dormit pas bien cette nuit-là, malgré le « goûter léger ». Il lui suffit d'une journée passée dans la maison de la Ribera de San Cosme pour que son imagination franchisse le pas qui oblige à se demander : où suis-je ? à quoi ai-je affaire dans cette maison ? la normalité, le secret, la peur, le mystère, des hallucinations de ma part, des raisons qui échappent à ma raison ?

C'était comme si chacune des tantes, chacune de son côté, lui avait chuchoté à l'oreille : « Que préfères-tu chez nous ? la normalité, le secret, la peur, le mystère ? »

Il ferma les yeux et le mot espagnol « *pesadilla* » lui vint à l'esprit. Il le trouvait *laid*, surtout. *Cauchemar* était un beau vocable, *nightmare* aussi. *Pesadilla* évoquait l'indigestion, les humeurs mauvaises, la maladie... Un vocable malsain.

— Que préfères-tu chez nous ? La normalité, le secret, la peur, le mystère... ?

Alex ferma les yeux.

— Advienne que pourra.

Et il ajouta, comme en rêve :

— Choisir est un piège.

5.

Zenaida fit son entrée dans la cuisine à l'heure du petit déjeuner, quelques minutes après le départ de l'Indienne Pancha... Alex n'entendit ni l'une ni l'autre. Il savourait ses œufs *rancheros* avec le sourire. Toutes les femmes de cette maison se déplaçaient sur la pointe des pieds, presque comme si elles glissaient dans l'air. Lui, pour corroborer en quelque sorte son impression, martela des talons le sol carrelé de la cuisine. Quelque chose craqua sous ses pieds. Le fragile carrelage ne résista pas au choc. La terre cuite s'était cassée. Alex se sentit coupable et il se pencha pour réunir les deux morceaux du carreau brisé.

C'est à ce moment-là que doña Zenaida fit son entrée silencieuse.

— Gamin de mon cœur, que fais-tu là à quatre pattes ?

Alex leva la tête en rougissant.

— Je crois que j'ai fait des dégâts.

Zenaida sourit :

— Tous les enfants cassent des choses. C'est normal. Ne t'en fais pas.

Elle tendit le bras du côté du square poussiéreux où des garçons jouaient au football.

— Regarde. Comme ils sont contents. Comme ils sont innocents.

Cependant, elle ne les regardait pas. Elle avait les yeux fixés sur son neveu.

— Tu n'as pas envie d'aller jouer avec eux ?

— Tante ! s'exclama Alex avec une feinte expression de surprise. Je suis bien grand déjà.

— Les grands enfants ne jouent pas au football ?

— C'est-à-dire – Alex retrouva son calme –, oui, bien sûr. Mais ce sont généralement des professionnels.

— Ah, mon Dieu ! soupira la vieille dame. Tu n'as jamais envie d'aller jouer avec les enfants ?

Alex réprima la réponse ironique qu'elle n'aurait pas comprise. En cette époque de pédophiles... Le regard innocent de la tante Zenaida interdisait au neveu toute plaisanterie ou ironie.

— Je crois que je devrais penser sérieusement à trouver du travail.

Elle pencha sa petite tête blanche vers l'épaule d'Alex.

— Il n'y a pas d'urgence, mon petit. Prends ton temps. Accoutume-toi à l'altitude...

Alex faillit éclater de rire devant cet argument. Le suivant lui enleva toute envie de rire.

— Nous sommes si seules, ta tante Serena et moi...

Alex lui caressa la main. Il n'osa pas lui toucher la tête.

— Ne vous en faites pas, tante Zenaida. Chaque chose en son temps.

— Tu as raison. Il y a un temps pour tout.

— Un temps pour vivre et un temps pour mourir, cita Alex avec le sourire.

— Et un temps pour aimer, soupira la tante en caressant la tête d'Alex.

La tante se retira. Avant de passer la porte, elle se retourna pour faire un signe d'adieu à son neveu en agitant des doigts joueurs et grassouillets.

Alejandro de la Guardia demeura perplexe. Qu'allait-il faire de toute cette journée ? Il ne pouvait plus avancer l'excuse du *jet-lag*. Et les paroles de la tante Zenaida – « un temps pour aimer » –, loin de le tranquilliser, avaient suscité chez lui une légère inquiétude. Presque un frisson. Après tout, il était étranger – aux tantes, à la maison, à la ville – et elles avaient peut-être raison, il devait sortir, se familiariser avec l'atmosphère, saluer les gens, jouer au football avec les enfants du square…

Mais il ne devait sortir que par la porte de derrière pour faire savoir que les demoiselles Escandón « étaient vivantes », c'est-à-dire, pour corriger les dires de doña Zenaida et accepter les raisons de doña Serena, « pour qu'on ne croie pas que la maison est inhabitée ».

L'esprit cartésien de cet ancien élève d'un lycée français ne parvenait pas à résoudre la contradiction. Si elles voulaient que les gens sachent qu'elles étaient en vie, que la maison n'était pas inhabitée, il aurait été naturel qu'Alex sorte par la porte principale. Et non pas en catimini, par-derrière, à l'instar de Panchita la domestique sourde-muette.

Il décida de mettre la contradiction à l'épreuve. Il ouvrit la porte de derrière et pénétra dans le square poussiéreux où un groupe de gamins jouait au football. Dès qu'ils le virent, les garçons arrêtèrent leur jeu et regardèrent Alex fixement. Le nouvel arrivé leur sourit. L'un des garçons lui envoya le ballon. Instinctivement, Alex le reçut et le renvoya d'un coup de pied. L'un des gamins l'intercepta. Le lui renvoya. Alex aperçut les maigres poteaux du terrain. D'un coup de pied vigoureux, il dirigea le ballon vers la cage.

— But ! s'écrièrent les garçons d'une seule voix.

C'est alors qu'Alex se rendit compte qu'il n'y avait pas de gardien de but. Son succès était sans mérite. Cependant, ce simple geste le lia irrémédiablement au jeu des enfants du quartier. Il en éprouva même du contentement, il se sentit récompensé, comme si cette situation imprévue lui donnait une occupation immédiate, le sauvait de l'aboulie qui semblait régner dans la maison des demoiselles Escandón, lui donnait – il se surprit à le penser – une mission dans la vie. Jouer au football. Ou jouer, tout simplement.

Quand il vit arriver la balle lancée d'un coup de tête, il dut lever les yeux.

La tante Serena l'observait d'un air austère d'une fenêtre de l'étage.

D'une autre fenêtre, la tante Zenaida le regardait elle aussi. Mais avec un sourire béat.

Plus tard, alors qu'il s'apprêtait à aller déjeuner avec doña Zenaida, en arrivant dans le couloir, il entendit des bruits inquiétants qui venaient de l'étage. Il s'immobilisa au pied de l'escalier. Il ne put distinguer ce qui se passait. À n'en pas douter, les deux vieilles dames se disputaient, mais leurs voix lui parvenaient comme un écho lointain ou venues du fond d'un tunnel. Alex perçut deux claquements de porte, un sanglot étouffé. Il comprit que la tante Zenaida ne lui tiendrait pas compagnie pour le déjeuner aujourd'hui.

Il se dirigea vers la salle à manger. La table était mise. Une soupe aux champignons attendait sous le couvercle métallique de la soupière à côté du plat habituel de viande froide, et, Dieu merci, une coupe remplie de ces délicieux fruits du tropique mexicain, qu'Alex n'avait jamais goûtés avant de venir ici.

Il retourna dans sa chambre après le déjeuner, il lut Musset et il eut envie d'écrire quelque chose, inspiré par *La Confession d'un enfant du siècle*. Il s'installa au pupitre d'écolier. Il savait qu'il était vide. Mais un mouvement normal provoqué par le fait de s'asseoir lui fit sentir qu'il faisait bouger quelque chose sous le couvercle du pupitre.

Il le souleva. Il y avait des cahiers. Il leur jeta un coup d'œil. C'était des cahiers de coloriage. Qui plus est, il y avait des crayons de couleur épars.

Alex sourit. Étrange découverte. Nouveau mystère. S'était-il trompé hier, sous l'effet du *jet-lag*, en regardant dans le pupitre ? L'une des sœurs – sans doute Zenaida – avait-elle entre-temps remis à leur place les cahiers et les crayons ? Dans quel but ? Dans cette maison il n'y avait jamais eu d'enfants.

Par ailleurs, les cahiers – il les feuilleta – étaient modernes, imprimés il y avait à peine une quinzaine d'années, la date était mentionnée sur la page de garde.

L'auteur, c'était lui.

Les aventures d'un petit Français au Mexique par Alejandro de la Guardia.

Les pages étaient blanches.

La raison le déserta complètement. Pire, il fut pris de peur. Il s'allongea sur la couchette. Il posa l'oreiller sur ses yeux. Il se calma. Il attendit l'heure du dîner. Tout s'éclaircirait.

La tante Serena ne se présenta pas au dîner. Alex attendit dix minutes. Un quart d'heure... Assis à table, il ne vit que les restes du déjeuner. La soupe était froide. Les viandes aussi. Elles avaient, de surcroît, l'aspect désagréable de reliefs de repas, de plats à demi entamés, avec des morceaux de graisse que des griffes auraient arrachés à quelque animal et déchiquetés à contrecœur.

Il sentit monter l'inquiétude. Un silence grave pesait sur la maison. Le jeune homme se dirigea vers l'escalier d'un pas timide. Il n'était jamais monté à l'étage. Elles ne l'y avaient pas invité. Il était un garçon bien élevé.

— Les enfants doivent être vus, mais pas entendus, lui avait enseigné sa mère. *Children should be seen but not heard.*

Il gravit d'un pas lent et incertain les marches menant au premier étage.

Il s'immobilisa entre les deux portes qui donnaient de part et d'autre du petit palier.

Devant chacune des portes un plateau attendait d'être ramassé.

Les plats refroidissaient.

« Elles mangent froid, de toute façon », se dit Alejandro rationnellement.

À quel moment mangent-elles ? Pourquoi là-haut alors qu'elles ont jusque-là pris leurs repas en bas avec moi ? Et qui leur a apporté ces plateaux puisque la Pancha s'en va tôt le matin ? Est-ce que chacune a apporté son repas à l'autre ? Mais ne se détestaient-elles pas ? Comment se seraient-elles subitement montrées si aimables ?

Il baissa les yeux.

Il souleva le couvercle du plat devant la chambre de Zenaida. Des insectes dévoraient la viande. Quel genre d'insectes ? Des araignées, des cafards, des fourmis, de la vermine... Ça grouillait.

Il reposa précipitamment le couvercle.

Il glissa en soulevant le couvercle de l'autre plateau.

Il n'y avait qu'une soupe. Une soupe de tomate ? Une soupe de betterave, du *bortsch*... ?

La curiosité le poussa à plonger un doigt dans la soupe, puis à le sucer.

Une soupe de sang.

Il faillit pousser un cri.

Il avait du sang dans la bouche.

Il ne cria pas parce qu'il fut arrêté par un bruit de sanglots, légers mais persistants, derrière la porte de Serena.

Il leva un bras. Il allait frapper. Il allait demander : « Tante, que se passe-t-il ? »

Il s'arrêta à temps. Il n'avait pas le droit. Un argument absurde lui traversa l'esprit. Pourquoi frapper à cette porte, celle des sanglots de Serena ? Pourquoi pas à l'autre, celle du silence de Zenaida ?

Il se sentit désemparé, peut-être même saisi d'effroi. Sa bonne éducation le sauva. En effet, il n'avait pas le droit de se mêler de la vie privée de deux vieilles filles excentriques, devenues un peu folles, mais qui n'en étaient pas moins de son sang. Et qui lui offraient l'hospitalité.

Il redescendit comme il était monté, silencieusement, sans révéler sa présence, et retourna dans sa chambre.

Sur l'oreiller était posé un chocolat enveloppé dans un papier d'argent, comme dans les hôtels.

Alejandro ne l'ouvrit pas. Il s'avoua avoir peur. Dans un mouvement de violence qui lui était peu habituel, dû sans doute à l'accumulation des tensions tenues en laisse comme on retient un chien en colère, il ouvrit la fenêtre et jeta le chocolat dans le square.

Il était dix heures du soir.

Il fut de nouveau vaincu par le sommeil plus que par l'imagination.

6.

Ce n'est qu'au réveil, en glissant la main sous l'oreiller en un geste matinal qui lui était coutumier, qu'Alejandro de la Guardia sentit une étoffe qu'il ne connaissait pas.

Il écarta l'oreiller et vit un pyjama qui n'était pas à lui. Intrigué, il l'étendit sur le lit. Le vêtement était très petit. Comme pour un nain. Ou un enfant. Alex examina l'étiquette cousue sur le col de la chemise. Il y était clairement indiqué la lettre S, *small*.

Il ne sut que faire du pyjama. Allait-il, là encore, jeter l'inutile cadeau des tantes (car personne d'autre n'avait accès à la chambre) dans le square où il serait sans doute ramassé par l'un des enfants pauvres qui y jouaient après l'école ?

Il se dit qu'après tout, il serait plus malin de laisser le petit pyjama là où il l'avait trouvé, sous l'oreiller. Cela déconcerterait les tantes. Le pluriel le gêna. Les deux sœurs ne se parlaient pas, sauf pour se disputer comme hier. Laquelle des deux lui jouait des tours ? Il commença à penser que l'une d'elles était plus qu'excentrique : elle était folle.

Il passa dans la salle de bains pour faire sa toilette. Il entra dans l'incommode baignoire, regrettant de ne pouvoir prendre une bonne douche. Il se sécha avec une serviette, également inconfortable, car elle était en tissu comme celui dont on fait les torchons et non en éponge absorbante d'aujourd'hui. Les tantes en étaient, évidemment, restées à une autre époque.

Il prit la crème à raser et commença à s'enduire le menton et les joues, comme tous les matins depuis l'âge de quinze ans. Puis, par automatisme, il leva les yeux vers la glace.

Il n'y avait plus de glace.

Elle avait disparu.

Il restait l'ombre du miroir, le carré livide de l'espace qu'occupe habituellement notre étrange et cher double auquel nous n'attribuons aucun mystère. Un objet d'utilisation quotidienne. Il se rappela avec une certaine émotion poétique les miroirs dans l'*Orphée* de Cocteau, film vu et revu par le jeune Alex à la cinémathèque française. Des miroirs qu'on pouvait traverser comme de l'eau. Un liquide vertical, pénétrable, pour passer d'une réalité à l'autre. En fait de la vie à la mort.

Ce matin-là, Panchita n'était pas dans la cuisine. Le tablier bien ajusté, c'était doña Zenaida qui préparait le petit déjeuner.

— Tu as bien dormi, mon petit ange ? demanda la demoiselle pleine de sollicitude.

Alejandro acquiesça et se vit servir, non sans méfiance, l'assiette d'œufs *rancheros*, la tasse de café à la cannelle, la brioche...

— Merci pour le chocolat que vous m'avez déposé, dit Alejandro d'un air parfaitement naturel...

— Il t'a plu ? demanda Zenaida sans lever la tête de son occupation.

— Évidemment, répondit Alex d'un ton neutre.

— Cher neveu, reprit Zenaida sans cesser de vaquer, je voudrais que tu saches une chose. Quand nous étions jeunes, Serena et moi nous nous adorions. Nous nous cajolions, nous nous faisions des tendresses, c'était une coutume romantique entre femmes de se câliner. Une coutume dont nous avions hérité...

Alex s'anima un peu.

— Oui, je sais. J'ai lu des romans anglais du XIXe siècle. Cela faisait partie des manières féminines que de se faire des tendresses et des câlins.

Il rit :

— Aujourd'hui, cela ferait scandale.

Il s'interrompit. Une ombre était descendue sur les yeux de la tante.

— Quand on vieillit, on voit la vie autrement. On ne recherche plus la compagnie. On vous l'impose. On se retrouve entre des mains étrangères. La vieillesse est un péché.

Alejandro laissa passer comme une ombre l'association d'idées. Il était là parce qu'il l'avait demandé aux tantes et elles lui avaient répondu qu'elles seraient enchantées de le recevoir.

Mais elles avaient écrit chacune séparément. Cela n'avait pas été une réponse commune comme il eût été naturel. Cependant, doña Zenaida continuait à parler d'une voix sereine.

— Je veux que tu saches, mon petit. Malgré les apparences, moi j'aime ta tante Serena. Tant que je l'aurai encore, personne n'occupera sa place.

— Je suis ravi de l'entendre, tante Zenaida.

— Je dirai, poursuivit-elle sur un ton inhabituel aux yeux d'Alex, que notre cruauté fait partie de notre affection.

Elle s'essuya les mains sur son tablier et Alex sentit monter en lui une pointe de compassion envers ces deux femmes solitaires.

— Tante Zenaida... J'aimerais vous accompagner. Vous n'auriez pas envie de faire un tour dehors avec moi ? Que je vous emmène au cinéma, ou au restaurant ?

— Ne t'ai-je pas prévenu qu'il était dangereux de se promener dans les rues de Mexico ? dit-elle d'une voix inquiète. Agressions, enlèvements, des importuns, des mendiants. Une demoiselle n'est pas en sécurité...

— Je vous protégerai, déclara Alex, décidé à jouer les hôtes sympathiques.

— Non, non – doña Zenaida secoua sa tête blanche. Personne ne protège personne... Regarde par la fenêtre.

Alex se tourna vers le square au moment où un policier arrêtait un vieil homme en haillons avec force gestes d'autorité.

— Tu vois ? murmura Zenaida.

— Bien sûr. Vous voyez, ma tante, la ville n'est pas aussi insécurisée que vous le dites.

La vieille demoiselle tourna le dos au square et fit une boule de son tablier.

— Si on ne vous voit pas, oui, on est en sécurité...

— Vous ne croyez pas que vous… et votre sœur… je veux dire, vous ne croyez pas que vous exagérez un peu votre enfermement ?

Zenaida ouvrit des yeux énormes.

— Mais, enfant de mon cœur, tu n'y es pas du tout. Nous ne sommes pas enfermées. Ce sont eux, ceux qui marchent dans la rue, qui sont enfermés…

— Pardon ? – Alex faillit lâcher sa tasse.

— Mais oui, mon chéri, tu ne t'en es pas rendu compte ? Tous ces gens qui vont et viennent dehors, eh bien… c'est-à-dire… Ces gens n'existent pas, Alex. Ce sont des fantômes. Mais ils ne le savent pas.

Il faut sans doute, se dit Alejandro, de longues années de solitude et d'isolement pour en arriver à parler de cette façon, à inventer des métaphores à la fois aussi simples et aussi mystérieuses. Il tenta de revenir à la normalité. Mais il se rendit compte, ce faisant, que dans cette maison, la normalité était bannie.

— Tante, je peux rester ici pour vous tenir compagnie ce matin…

— Non. Je perdrais mon temps.

— Mais nous pourrions le partager, ma tante.

— Sot que tu es, ce ne serait plus un temps d'abandon…

Elle sortit de la cuisine et Alex ne trouva rien de mieux à faire, après les propos du petit déjeuner, que de sortir faire une promenade pour exorciser l'enfermement de la maison. Il était dix heures du matin. Il doutait qu'on l'agresse en plein jour.

Il avait à peine posé le pied dans le square qu'il se heurta au cadavre d'un chien. C'était un de ces chiens sans maître, galeux, inquiets comme s'ils craignaient de retourner au loup. Un chien mort.

Et à côté du chien, l'enveloppe, parfaitement reconnaissable, du chocolat qu'Alex avait jeté le matin par la fenêtre. L'enveloppe vide. Une bave noire sortait de la gueule de l'animal.

Il réprima son dégoût. Il étouffa la peur et l'angoisse. Il aurait pu manger ce chocolat. On l'aurait trouvé mort sur le lit. C'était inconcevable. Pourquoi ? Pourquoi ? Un éclair lui traversa l'esprit. Si périlleuses que fussent les rues de Mexico, la maison des tantes était encore plus dangereuse.

Il fit le tour du square, s'efforçant de réfléchir, mais il s'aperçut qu'il était incapable d'organiser ses pensées. Il se retrouva dans l'avenue de la Ribera de San Cosme. Mis à part la laideur des constructions et la médiocrité des commerces, il ne vit rien d'anormal. Les gens allaient et venaient, entraient dans les boutiques, achetaient des journaux, mangeaient dans des petits restaurants pas chers...

Soudain, un édifice miraculeux apparut devant les yeux d'Alex.

C'était une bâtisse coloniale au grand portail baroque. Une large façade de pierre dont l'élégante sobriété plaidait bien haut en faveur de l'art du baroque, de son autre face, celle d'une réserve surprenante qui ne livre pas la beauté qu'elle contient d'un seul coup, mais qui demande de l'attention et de la tendresse. Il y avait quelque chose dans l'édifice qui alliait sécurité et beauté.

Alex lut la plaque apposée à l'entrée. Ici avait résidé, jusqu'en 1955, la faculté des lettres de l'université de Mexico. Le bâtiment – disait la plaque – était connu sous le nom de « *Mascarones* ». Alex gravit les quelques marches de l'entrée et s'arrêta, admiratif, devant une vaste cour, aux proportions harmonieuses, flanquée d'un grand escalier de pierre menant à l'étage.

Il se planta au centre de la cour. Peu à peu, très progressivement, l'espace se remplit de voix, et les voix, aux tons variés, discutaient, riaient, récitaient, murmuraient, en volume croissant, mais toujours claires, distinctes, si claires qu'au milieu de la rumeur, Alejandro de la Guardia distingua sa propre voix, nettement reconnaissable, rieuse, audible mais invisible, d'autant plus terrifiante qu'elle était invisible, terrifiante aussi parce que tout en étant certain que c'était sa voix, il savait que ce n'était pas la sienne, qu'elle l'attirait vers un mystère qui ne lui appartenait pas, mais qui le menaçait, le menaçait terriblement...

Il sortit en toute hâte de la cour, du bâtiment, il courut vers la rue sans voir le tramway qui lui arrivait dessus et le tua sur le coup.

Il ouvrit les yeux. Il n'y avait pas de tramway dans la Ribera de San Cosme. Alejandro était là, debout, étourdi, au milieu de la rue. Il baissa les yeux. Il vit la trace, indubitable, d'anciens rails de tramway qui avaient disparu, mais que le passage de milliers et de milliers d'automobiles n'avait pas réussi à effacer complètement...

Il fut parcouru de sueur froide. Il eut l'impression d'avoir ressuscité. Il regarda sa montre. Il était déjà deux heures de l'après-midi. La tante Zenaida devait l'attendre pour déjeuner. Alex eut un mouvement de révolte. Il avait envie de manger seul. Il avait envie de manger *dehors*. L'heure du déjeuner faisait sortir les gens des bureaux, des boutiques, des écoles... Les cafés, les snacks, les étals de viandes cuites, les échoppes de *tacos*... La foule de la grande avenue poussait Alex vers les rues latérales, le renvoyant, malgré lui, vers l'unique demeure qui était la sienne dans cette ville pareille à une hydre. La maison des tantes.

Sauf que maintenant, après l'affaire du chien mort, il avait peur de se mettre à table avec

Zenaida ou Serena. Il glissa les mains dans ses poches et se rendit compte d'autre chose. S'en étant remis à l'hospitalité des demoiselles Escandón, il n'avait pas d'argent mexicain sur lui. Il retourna dans le square et, là, il fit une chose insolite, une chose qui épouvanta tout son être, car c'était un acte impensable, un acte que son esprit repoussait avec horreur. C'est peut-être, du reste, ce qui lui permit de le commettre. Parce qu'il lui apparut non comme un acte épouvantable, mais comme une fatalité, un acte dicté par quelqu'un ou quelque chose qui n'était pas lui.

Il plongea la main dans une grande poubelle. Il farfouilla en quête de nourriture. Il fit cela. Il était en train de le faire quand une main toucha la sienne. Alejandro, saisi de peur, retira sa main. Il leva les yeux et rencontra ceux du vieux *clochard** qu'un policier avait arrêté le matin. Quand les mains se touchèrent, chacun retira la sienne. Alejandro regarda le vieux. Le vieux ne pouvait le regarder. Il était aveugle, un de ces aveugles *malades*, au regard voilé comme par une brume intérieure, qui n'offre au monde que deux yeux noyés dans un sperme chassieux.

— On a tué mon chien, dit le vieil homme. On m'a arrêté. Ils croient que c'est moi qui l'ai tué. Comment aurais-je eu l'idée de tuer mon unique compagnon ? le chien qui me guidait dans les rues à la recherche de nourriture, vous vous rendez compte... Mon chien Miramón.

Il chercha Alex de son regard perdu.

— Vous n'avez jamais mangé de la viande de chien, camarade ? Ça n'a pas si mauvais goût, vous savez.

Il rit de sa bouche édentée.

— La faim tue. La faim commande.

Alex ne prononça pas un mot. Il avait une crainte. S'il se manifestait aux oreilles du clochard aveugle, ce dernier prendrait peur. Puisque l'autre était aveugle, mieux valait qu'il croie avoir affaire à un muet.

— Personne d'autre que moi ne connaît cette poubelle. C'est la meilleure du quartier. On dirait que ces gens ne mangent rien. Ils jettent tout à la poubelle.

Il pointa, avec la certitude de l'habitude, en direction de la maison des tantes.

— Ils doivent vivre de l'air du temps là-dedans, ricana le vieux avant de sombrer dans la mélancolie. Miramón va me manquer. Ouah ! Ouah ! aboya-t-il en s'éloignant.

Alex passa l'après-midi à lire et à se préparer pour le dîner avec la tante Serena. Quelque chose lui disait que cette fois la demoiselle serait au *rendez-vous**. Et en effet, elle l'attendait, devant les viandes froides habituelles qu'Alejandro avait décidé de manger sans crainte, car il s'était dit que sa seule porte de sortie était de se comporter normalement, comme si de rien n'était, sans participer à l'opacité croissante du mystère organisé, il s'en rendait compte, par les sœurs ennemies. Elles avaient au moins ça en commun : la capacité de rendre les choses anormales. L'enfermement – interpréta Alejandro – les avait chamboulées.

— Assieds-toi, Alejandro, l'invita avec beaucoup de formalité doña Serena. Pardonne les inquiétudes d'hier soir.

Elle soupira.

— Tu sais, quand deux vieilles filles vivent ensemble, sans compagnie, pendant tant d'années, elles finissent par devenir un peu maniaques...

— Un peu ? répliqua avec une ironie contrôlée le neveu.

— C'est bizarre, mon garçon. En dehors de Panchita, qui est sourde-muette, personne ne pénètre dans cette maison. Les gens doivent se poser des questions, tu sais. Au début, je disais à ma sœur : il faudrait que nous sortions de temps à autre. Elle me répondait : nous ne pouvons pas abandonner la maison. Il faut qu'il y ait toujours quelqu'un pour veiller sur elle.

Elle mastiqua quelques secondes. Puis elle déglutit. Elle s'essuya la bouche avec sa serviette.

C'est ce qu'Alejandro attendait pour manger du même plat de viande, sans avoir peur de mourir empoisonné...

— J'ai donc dit à Zenaida, reprit la vieille dame, que nous pouvions aller nous promener à tour de rôle. Elle sortirait tandis que je resterais à garder la maison. D'autres fois, ce serait le contraire. Tu sais ce qu'elle m'a répondu ?

Alejandro hocha doucement la tête en signe de négation.

— Que si on ne voyait qu'une des deux sœurs, on croirait que l'autre était morte.

— Mais si les gens avaient vu les deux, même séparément, ils n'auraient pas cru ça, ma tante.

— En ne nous voyant pas ensemble, on aurait cru que l'une avait tué l'autre.

— C'est impossible, ma tante. Ce n'est pas raisonnable. Quel serait le motif ?

— Pour garder l'héritage.

Alejandro n'accorda aucun crédit à une réponse à la fois si inattendue et si conventionnelle. Il décida de poursuivre le jeu.

— Pourquoi, cela représente tant d'argent ?

— C'est sans prix.

— Ah ! réussit à émettre le neveu.

— Sais-tu pourquoi nous t'interdisons de passer par la porte d'entrée ?

— Je l'ignore et cela m'intrigue, en effet.

— Personne ne doit savoir si ma sœur et moi sommes vivantes ou mortes. La présence d'un hôte...

— Et pourquoi ça ? l'interrompit Alex brusquement.

— Ne sois pas impatient. La curiosité est une passion trop fébrile, mon garçon.

— Je ne faisais que suivre vos paroles, tante Serena.

La tante lui adressa un regard empreint d'orgueil autant que de folie.

— Dehors, les gens croient que nous sommes des fantômes... La présence d'un hôte les aurait détrompés.

Alejandro réprima un sourire, craignant d'offenser la tante.

— J'ai entendu dire, ma tante, que chaque résidant d'une maison est doté d'un double qui est son fantôme.

— En effet, mais le prix à payer est très élevé et mieux vaut ne pas s'en assurer.

Elle fut prise d'un rire convulsif. Elle agita les bras. Une de ses mains heurta le verre de vin rouge. Le verre se renversa. Il n'y eut pas la moindre tache sur la nappe blanche.

Elle adressa à son neveu un regard suppliant.

— Crois-moi, je t'en prie. Notre cruauté fait partie de notre amour.

— Vous parlez de l'amour entre vous et votre sœur, en dépit des brouilles occasionnelles ?

— Non, non, répondit-elle la tête rejetée en arrière, comme si elle étouffait. Notre amour pour toi...

Alex se leva dans l'intention de lui venir en aide.

— Vous vous sentez mal, doña Serena ? Je peux vous aider ? J'appelle un médecin ?

Serena tourna des yeux furibonds vers Alejandro.

— Un docteur ? Tu es fou ? Retourne immédiatement dans ta chambre. Tu es puni. Allez, va-t'en. Tu es privé de dîner.

— Tante Serena, dit Alex en essayant de sourire.

— Mère ! s'écria la vieille. Mère, pas tante !

Alejandro allait répondre d'une voix ferme : « Ma mère Lucila vient de mourir à Paris, je vous prie de respecter sa mémoire. » C'était inutile. Il se retira, troublé, dans sa chambre, tout en savourant malgré lui la qualité à la fois éthérée et charnelle du vin servi.

Quelle nouvelle folie s'était emparée de doña Serena ? Vierge et stérile comme elle l'était, se prenait-elle pour la mère putative d'Alejandro de la Guardia ? Ne savait-elle parfaitement qu'Alex était né à Paris vingt-sept ans auparavant, alors que les demoiselles Escandón étaient déjà enfermées dans leur maison de la Ribera de San Cosme, à Mexico ?

Alejandro imagina des scènes de roman du XIXe. Lui, mis au monde par la tante Serena à Mexico. Puis, envoyé en secret à Paris pour y être élevé par sa mère supposée Lucila Escandón, épouse de la Guardia. Ou enfant abandonné devant le porche d'un hospice ou d'une église, sous la neige. Le romancier, se dit Alex, pouvait devenir fou devant l'éventail d'intrigues et de dénouements qui s'offraient pour toute action dramatique. Au lycée, on avait au programme un livre merveilleux, *Jacques le fataliste*, dans lequel les personnages – Jacques et son maître –, en arrivant à un carrefour, doivent choisir entre plusieurs voies afin de poursuivre non seulement leur route, mais le récit. Se séparer, continuer ensemble, visiter un monastère, se saouler avec un prélat, dormir dans une auberge...

Pareil choix s'offrait à lui ce soir-là. Il pouvait s'excuser auprès des tantes, les quitter, chercher une chambre d'hôtel, changer ses chèques de voyage pour des pesos mexicains, oublier la maison de la Ribera de San Cosme et ses excentriques locataires.

En passant devant le salon, il s'arrêta en entendant les tantes converser. Surpris, il n'osa pas rester dehors comme pour les épier.

— ... nous devons être reconnaissantes, Serenita. Lucila a pensé à nous avant de mourir. Elle nous a envoyé ce délicieux enfant, un cadeau pour nos vieux jours, une charmante compagnie, ne dis pas le contraire...

— Quelle sagesse de la part de notre sœur. Nous envoyer un mort pour tenir compagnie à deux mortes.

— Attends, petite sœur. Il ne le sait pas encore.

— Elle non plus ne le savait pas. Il y avait tant d'années que nous ne communiquions plus...

— Maintenant elle doit être contente...

— Au ciel, ma sœur...

— En effet. De là-haut, elle doit nous voir.

— Il ne sait pas qu'il est mort, le pauvre petit.

— Mieux vaut ne pas s'en souvenir, Zenaida. Mourir comme ça, renversé par un tramway en pleine Ribera de San Cosme.

— Quelle horreur ! Et si jeune. Onze ans.

— Calme-toi. Avec nous il va retrouver la paix.

— Il a besoin de petits camarades pour jouer.

— Tu sais bien, cela dépend de nous.

— C'est donc entre nous que la paix doit régner, ma chère sœur.

— Tu crois que je vais te disputer un fantôme ?

— De toi, je peux m'attendre à tout, jalouse comme tu es. L'autre soir, tu le voulais pour toi toute seule...

— Jalouse, moi ? C'est la paille et la poutre.

— Oui, toi, Zenaida. Tu m'as toujours tout envié. Les amoureux, la maternité. Tout ce que j'avais et que tu n'avais pas, rancunière.

— Ferme ta bouche, idiote.

— Non, je ne me tairai pas. Je ne sais pas pourquoi je te supporte depuis tant d'années. Je me suis sacrifiée pour toi, parce que je suis bonne, pour t'aider à surmonter ton péché.

Zenaida éclata en sanglots.

— Tu es une femme très cruelle, Serena. Tu devrais être contente que le destin nous ait envoyé un compagnon dans notre solitude.

— Il n'existe pas ! grogna Serena d'un ton amer. Il n'est pas à nous !

« Je n'existe pas », se dit Alejandro de la Guardia, éberlué. « Je n'existe pas » : il esquissa un sourire, d'abord forcé, puis franchement arboré, au bord du fou rire.

— Je n'existe pas ! s'exclama-t-il en riant et en se dirigeant vers sa chambre. Je n'existe pas !

Il ne se retourna pas pour regarder les demoiselles Escandón, penchées à la porte du salon, qui le suivaient des yeux. Zenaida appuyée sur Serena, Serena appuyée sur sa canne à tête de loup. Toutes deux souriantes, satisfaites qu'Alex ait entendu ce qu'elles venaient de dire...

7.

Alejandro entra dans sa chambre, décidé à s'en aller le lendemain. Il aurait voulu partir sur-le-champ, mais il était fatigué, à son aise malgré tout, stupidement dépourvu d'argent.

Il entra dans la chambre et alluma la lumière.

Un petit pyjama était étalé sur le lit.

Et sur le lit aussi, sur l'armoire, par terre, étaient accumulés les objets d'enfant. Des ours en peluche, des tigres bourrés de paille, des pantins et des tirelires en forme de petit cochon, des trains miniature posés sur des rails bien ordonnés, des petites voitures, toute une armée de soldats anglais en casaque rouge et baïonnette dressée, des patins à roulettes, un globe terrestre, des toupies et des bilboquets, rien que des jouets pour garçon...

Il ouvrit la porte de la salle de bains. L'eau coulait dans la baignoire, sur le point de déborder. Un canard en matière plastique flottait sur l'eau. Avec une sirène pour lui tenir compagnie.

De la sirène émanait une musique qui s'empara d'Alejandro, l'immobilisa, le fascina, le soumit à une attraction irrésistible. C'était un chant venu du fond des mers, comme si cette vieille baignoire était une parcelle d'océan salé, frais, invitant au repos des fatigues du jour, à la détente, ce dont il avait le plus besoin pour récupérer de l'ordre dans sa tête, pour ne pas être contaminé par la folie de la maison...

Il se déshabilla lentement avant d'entrer dans la baignoire. Il se laissa glisser dans l'eau tiède, ferma les yeux, trouva le savon sans parfum et commença à le passer sur son corps.

Il se redressa subitement avec un sursaut.

En se savonnant les aisselles, il avait senti quelque chose s'en aller. C'était les poils. Il se savonna le pubis. Celui-ci resta lisse comme celui d'un enfant.

Il s'apprêtait à sortir de l'eau, horrifié, quand il vit les deux demoiselles, Zenaida et Serena, passer la tête dans la salle de bains, le sourire aux lèvres.

— Tu es prêt ?
— Veux-tu que nous te séchions ?

Alex se redressa mécaniquement, craignant que s'il mettait la tête sous l'eau grise, il n'en ressortît plus jamais. En se mettant debout, il cacha pudiquement son sexe avec ses mains, les tantes s'occupèrent de lui, l'enveloppant dans une serviette, le séchant amoureusement, le couvrant de câlineries.

— Mon petit cœur...
— Enfant de mon âme...
— Mon bébé mignon...

— Mon adoré...
— Notre petit chéri...
— Enfant espiègle.
— Distrait, distrait...
— On t'avait pourtant prévenu de faire attention en traversant l'avenue...
— Attention, petit, attention au tram !

Puis elles conduisirent Alex hors de la chambre, dans les couloirs, jusqu'à la porte de la cave. Alex sentait qu'il perdait la raison, mais ce qui lui en restait lui permettait d'entendre que les tantes réconciliées avaient cessé de se disputer, qu'elles avaient cessé de se montrer affectueuses avec lui.

Pire : elles devenaient menaçantes.

Elles ouvrirent la porte de la cave.

Il comprit la raison des interdits.

— Ne passe pas par la porte d'entrée.
— Que personne ne sache que nous sommes vivantes.

Non. Que personne ne sache qu'il était là. Que sa présence dans la maison reste ignorée, lui dit un éclair de raison.

Ils descendirent. L'odeur de moisi était insupportable, irrespirable. Il y avait des monceaux de coffres d'une autre époque. Des caisses de bois entassées. La lumière lugubre de cette heure de la nuit. Pourquoi n'allumaient-elles pas l'électricité ?

Pourquoi le conduisaient-elles vers un coin écarté mais désencombré de la cave ?

— Pourquoi es-tu sorti ? énonça Zenaida.

— On t'avait pourtant dit que les rues sont dangereuses, répéta Serena.

— Que tu pouvais te faire renverser par un tramway.

— Que tu pouvais te faire tuer.

— Maintenant tu vas te reposer, dit Zenaida en montrant du doigt un cercueil ouvert, tapissé de soie blanche.

— Maintenant tu es notre enfant, murmura Serena.

— Notre ? parvint à prononcer Alejandro. De laquelle des deux ?

— Ah ! soupira Serena. Ça personne ne le saura jamais…

— Bon, murmura Alejandro, assez de plaisanteries de mauvais goût. Remontons. Demain je m'en vais. Ne vous en faites pas.

— Demain ? sourit aimablement Zenaida. Pourquoi ? Notre compagnie ne t'agrée pas ?

— Demain ? reprit Serena en écho en tendant la main vers un deuxième cercueil.

— Toujours. Pas demain, Alejandro. Toujours. Notre petit ange a besoin de compagnie.

— Allez, Alejandro, prends ta place dans le petit lit d'à côté.

— Il est très confortable, mon chéri. Il est matelassé de soie.

— Monte, Alex. Allonge-toi. Dors, dors pour toujours. Tiens compagnie à notre petit. Merci, mon mignon.

— Ah, Alex. Si tu avais mangé le bonbon au chocolat, tu nous aurais évité cette scène.

Les lumières s'éteignirent peu à peu.

LA CHATTE DE MA MÈRE

À Tomás Eloy Martínez, exorciste

1.

Je m'appelle Leticia Lizardi et je déteste le chat de ma mère. Je tiens à dire « le chat » bien que je sache qu'il s'agit d'une chatte ; ce n'était pas une féline, même si le terme générique pour désigner ce genre de bête est félin. Ce qui est sûr, c'est que cette chatte, tendrement baptisée par ma mère « Estrellita », me tapait sur le système.

Estrellita – bon, je laisse tomber les guillemets – était une chatte angora. Blanche, le poil touffu, une petite tête ronde et le corps trapu. La queue courte, courte sur pattes, un vrai petit monstre, un léopard miniature comme descendu des neiges lointaines pour s'installer, indésiré et indésirable, chez doña Emérita Lizardi et sa fille Leticia, dans le quartier périphérique de Tepeyac à Mexico, près de la Basilique de la Vierge de

Guadalupe. C'est la raison pour laquelle ma mère n'a jamais quitté sa vieille maison délabrée, facile à décrire.

Grande porte cochère antérieure à l'automobile. Entrée sur une immense cour pour chevaux et calèches du XIXe siècle, granges et écuries, cuisines et buanderies au rez-de-chaussée. Escaliers métalliques menant à l'étage. Salle à manger, salles de bains et chambres donnant sur la cour. Salon adjacent – seule pièce à donner sur la rue, avec un balcon très apprécié par ma mère, d'où elle regardait passer les gens qu'elle méprisait pourtant profondément. Avec vue, surtout, sur la colline du Tepeyac et la Basilique de Guadalupe. Escalier en colimaçon menant au toit-terrasse avec ses cuves d'eau, ses cylindres de gaz et le logement des domestiques qu'au Mexique on appelle des « bonnes » et, pour se montrer plus insultant quand elles n'entendent pas, des « chattes ».

— J'aime me sentir proche de la Sainte Vierge, déclarait ma mère, un rosaire dans les mains, l'air dévote.

C'était une de ces femmes qui ont l'air d'être nées vieilles. Il ne lui restait pas un seul trait de sa jeunesse, et comme elle était extrêmement blanche, les rides étaient plus marquées que chez les gens basanés, lesquels, selon elle, bénéficiaient de cet avantage parce qu'ils avaient une « peau de tambour », commentaire que la bonne dame accompagnait d'un tambourinement des doigts sur tout objet à portée de main : table, assiette, glace, vieux genou ou encore, le plus souvent, sur la masse de poils blancs d'Estrellita, éternellement installée dans son giron, objet de caresses qui atténuaient un peu l'animosité féroce de sa maîtresse.

Car doña Emérita Labraz de Lizardi était fâchée avec le monde, ou mal à l'aise dans le monde. Je n'ai jamais pu comprendre la raison de cet état bilieux permanent. Fut un temps où je recherchais désespérément quelque photo d'elle, jeune, son portrait le jour de ses noces, de sa première communion, quelque chose, n'importe quoi. J'avais fini par me résigner et en conclure que ma mère n'avait eu ni enfance, ni noces, ni jeunesse. Ou qu'elle avait éliminé tout ce qui pouvait lui rappeler ses années disparues et que cela lui permettait de s'ancrer dans son âge actuel, sans passé évocable. Doña Emérita était une figure du présent, seulement du présent, comparable à aucune autre, enracinée dans ce lieu et à cette heure avec le chat (la chatte) sur les genoux, les yeux cachés jour et nuit derrière des lunettes noires.

Je soupçonnais la raison de cette manie. Un matin, j'eus l'audace d'entrer dans la chambre de ma mère avec le petit déjeuner qui lui était habituellement apporté par la domestique. La « chatte » était ce jour-là indisposée par « sa lune », selon l'expression rustique de la *bonne à tout faire**, comme la désignait ma mère d'un air de supériorité insupportable.

— Ça veut dire *chatte* en français, dis-je d'un ton amer à la domestique, Guadalupe de son nom, diminutif Lupe, Lupita, dont le visage s'illumina rien qu'à l'idée qu'on lui donnait un surnom français.

Doña Emérita ma mère appelait Lupita la *bonne à tout faire** simplement pour se vanter de connaître une demi-douzaine d'expressions françaises, dont elle émaillait sa conversation, surtout lorsqu'elle recevait son avocat, le *licenciado* José Romualdo Pérez.

Ce dernier était un homme d'une soixantaine d'années, grand, maigre, raide et plus aveugle qu'une chauve-souris. Il se présentait toujours à la maison de Tepeyac accompagné d'un comptable et d'une secrétaire. Ma mère les regardait venir sans bouger de son balcon. Elle faisait pivoter son fauteuil de repos pour leur faire face, mais elle ne tendait la main qu'au sec et distingué *licenciado* bigleux, ignorant le comptable, un petit homme brun, trapu, adepte de chemises violettes avec cravates hawaïennes, et la secrétaire qui arborait de scandaleuses minijupes destinées à faire valoir l'opulence de ses cuisses afin de détourner l'attention de son visage hommasse, aplati, plus plat que celui de la Chinoise la plus raplatie – persiflait méchamment ma mère –, surmonté par cette coiffure universellement répandue parmi les sténodactylos, les infirmières et les guichetières de cinéma : les cheveux laqués en arrière avec une frange raide et sans grâce sur le front.

Les visites du *licenciado* bigleux et de ses deux acolytes me mettaient les nerfs en pelote. Le vieux libidineux parlait chiffres avec ma mère, mais en même temps, sa main rampait comme aimantée en direction de mon postérieur, m'obligeant à me réfugier derrière un fauteuil afin de protéger ce que nos grands-mères pudiques appelaient « ce avec quoi je m'assois ». Le *licenciado* cherchait alors de ses yeux archimyopes mes seins pressés de quitter les lieux au plus vite. Sauf que ma mère m'interdisait de m'en aller.

— Leti, je t'ordonne d'être présente quand le *licenciado* Pérez nous rend visite.

— Mais maman, c'est un vieux cochon. Tu ne vois pas comment il se comporte avec moi ?

— Habitue-toi, répliquait la vieille énigmatiquement, sans autre explication.

La vieille. Éternellement assise dans sa chaise longue, à suivre des yeux, derrière ses grosses lunettes noires, le passage de la vie, grouillante et animée, en direction de la Basilique de la Vierge de Guadalupe. Éternellement en train de caresser la chatte Estrellita et de tourmenter l'autre « chatte », Lupita.

— Qui a osé te donner un nom de vierge, infâme métèque ? décochait doña Emérita à la domestique.

Celle-ci supportait le déluge d'insultes de sa patronne avec une placidité, pour ainsi dire, atavique, comme si elle ne s'attendait pas à un autre traitement, ni d'elle ni de quiconque. Comme si recevoir des insultes faisait partie d'un patrimoine ancestral.

— Regarde, gourgandine des campagnes – disait ma mère à la bonne en soulevant le malheureux animal comme un ballon de football poilu et fourrant le cul rosé d'Estrellita sous le nez de Guadalupe. Regarde, petite pute, regarde. Ma chatte est vierge, elle n'a pas perdu sa pureté, elle n'a jamais mis bas de sa vie... Toi, en revanche, combien de noirauds morveux as-tu semé dans les maisons où tu as travaillé ?

— Comme il plaira à la patronne, murmurait Lupita la tête baissée.

— Encore heureux qu'il n'y ait pas d'hommes dans cette maison, fille de porcherie, personne pour t'engrosser...

— Comme il plaira à Madame, répondait Lupita, visiblement surprise par ce terme inconnu : « engrosser ».

— Et garde-toi bien, Leti, disait ma mère en se tournant vers moi, de l'appeler Lupe, ou Lupita, et encore moins Guadalupe.

— Comment alors ?

— Regarde-la. La Rougeaude. Regarde ces joues rouges comme des pommes. C'est « La Rougeaude » et rien d'autre. Y manquerait plus que ça.

Et alors, sans le vouloir, doña Emérita envoyait à Estrellita la torgnole qu'elle avait envie de donner à Lupita, alias « La Rougeaude ». L'animal se répandait en miaulements et fixait sur sa maîtresse un regard féroce en exhibant deux rangées de petites dents carnivores, avant de sauter par terre à la manière des chats, c'est-à-dire en se recevant parfaitement, avec un sens de l'équilibre digne d'une Nadia Comaneci aux jeux Olympiques.

La chatte Estrellita ne m'aimait pas. Tout, en elle, me le disait. Et je le lui rendais bien. Elle me répugnait. Son corps trapu, à l'épaisse fourrure, sa queue courte, ses pattes courtes, son poil blanc comme une tête de vieille femme décatie (quel âge pouvait-elle avoir ?). J'avais surtout horreur de ses yeux, énormes par rapport au corps, très écartés et de couleurs différentes. Un œil bleu, l'autre jaune. Nous ne nous saluions même pas.

Envers l'autre « chatte », Lupita La Rougeaude, en revanche, j'éprouvais de la compassion, à cause de la façon dont ma mère la maltraitait. Sauf que la domestique, elle, restait indifférente aussi bien aux bons qu'aux mauvais traitements. Devant ma mère, je devais l'appeler « La Rougeaude ». Seule, je la nommais Guadalupe, Lupe ou Lupita. Mais comme je le dis, de son côté, elle ne montrait rien d'autre que son imperturbable stoïcisme indigène. Lequel pouvait être aussi bien une réalité qu'une invention à nous.

En disant « nous », je me situe sur le piédestal de la plus vulgaire créolité. On n'y échappe pas. Nous sommes supérieurs. Pourquoi ? Autrefois, on appelait les Blancs « les gens de raison », comme si les Indiens étaient tous des débiles mentaux. Maintenant que nous sommes devenus démocrates et égalitaires, nous appelons les Indiens « nos frères indigènes ». Nous n'en continuons pas moins à les mépriser. Les idoles au musée. Les portefaix à charger les ballots.

Moi je voulais être gentille avec la Lupita. Je voulais l'aimer. Mais je ne voulais pas l'admirer. Un après-midi où je m'apprêtais à sortir au café, je suis montée sur la terrasse pour la prévenir que ma mère allait rester seule. Je l'ai vue nue. Ou plus exactement, je ne l'ai pas vue. Elle avait défait ses nattes et ses cheveux lui descendaient jusque sous les fesses. Mon Dieu ! quelle chevelure, non seulement d'une telle longueur, mais d'un noir chatoyant, solidement implantée, invincible, nourrie de piment, de maïs et de haricots. Toute cette sacrée abondance mexicaine se reflétait dans cette admirable cascade de cheveux.

— Lupe, dis-je.

Elle se retourna, le peigne en l'air, son bras levé remontant encore plus une poitrine qui n'avait jamais connu ni nécessité de soutiens-gorge. Je suis une pudique vierge mexicaine petite-bourgeoise au langage calqué sur le cinéma national en noir et blanc : je ne regardai pas plus bas.

— Lupe, je vais sortir un moment. Occupe-toi de maman.

La Lupe me répondit d'un mouvement de tête et d'un regard altier que je ne lui avais jamais vu auparavant.

C'est que j'étais entrée dans sa zone sacrée, l'espace privé, la chambre de bonne où – je le compris en la voyant nue, en train de se coiffer – elle se montrait sous un autre jour. Je sus dès lors qu'il y avait deux Lupita, mais je le gardai pour moi. Personne d'autre ne le saurait.

Quoi qu'il en soit, je fus surprise. Et même contente. Vivre avec quelqu'un comme ma mère est le meilleur stimulant à la révolte.

Une fille moins stupide que moi aurait déjà quitté la maison en laissant la misérable vieille à ses deux chattes : Estrellita et La Rougeaude. Je ne sais pas, je devais manquer d'ovaires, sûrement. J'avais mes raisons, évidemment. De fait, j'étais dépourvue de « moyens visibles d'existence » comme on dit dans les films américains quand on embarque un clochard. Je n'avais même pas les moyens invisibles de La Rougeaude. Je n'avais pas besoin de soutien-gorge. Mes nénés étaient rachitiques, et comme je détestais les soutiens-gorge rembourrés, je préférais donc avoir l'air d'un mannequin des années soixante – la Twiggy du Tepeyac, disons – avec ma poitrine d'éternelle adolescente. Il paraît que cela plaît à certains hommes. Possible.

En outre, mes sentiments filiaux étaient réels, si incroyable que cela paraisse. J'aimais ma mère malgré son mauvais caractère, que je m'obstinais à qualifier de « forte personnalité », parce que je savais que moi j'en manquais, de personnalité. Je ne veux pas dire que j'étais une chiffe molle ou que je me fondais dans le décor. J'étais simplement une fille tranquille. Une fille affectueuse. Tant que ma mère vivrait, je resterais à ses côtés, je m'occuperais d'elle.

Et puis, quand doña Emérita serait finalement allée manger les pissenlits par la racine, j'hériterais. Comme je ne possédais pas d'autre patrimoine que le sien, je ne pouvais m'offrir le luxe de la révolte. Je n'allais pas me transformer en mendiante avec sa canne.

Quelque chose changea dans mon esprit – dans mon ciboulot – ce fameux après-midi où je sortis prendre un *float* de Coca-Cola avec une glace au citron au Sanborns du coin. Cette chaîne de boutiques-restaurants compte, comme chacun sait, plus de succursales qu'il n'y a de mouches dans une poubelle ou de mensonges dans la bouche d'un politicien. L'avantage, en plus, c'est que ce genre de café n'étant pas un de ces endroits « à la mode » où l'on fait des élégances, on peut s'y installer toute seule pour prendre un café sans se sentir lépreuse ou atteinte d'oligophrénie.

Car il faut dire que le Mexique est un pays où l'on aime être en bande, c'est-à-dire que ce sont des gens qui ne peuvent pas rester seuls, il leur faut un troupeau de copains du matin au soir, avec la manie de débarquer chez les amis à n'importe quelle heure du jour ou de la nuit sans prévenir. Or, moi, je suis bien contente de la solitude que me permet ma vie isolée à Tepeyac, la ville de Guadalupe, entre ma mère et ses deux chattes, la Estrellita et la Lupe. Au temps où je menais une vie sociale, j'ai vu un hôte aller jusqu'à nous empêcher de partir à cinq heures du matin, en avalant la clé de sa maison (enveloppée dans de la mie de pain ; comment a-t-il fait pour la digérer et l'évacuer ?) et faire passer ses extravagances en offrant un délicieux *pozole* de crevettes à six heures. C'est comme ça qu'on se fait pardonner la mauvaise habitude de vous empêcher de rentrer chez vous après une fête...

Mais ça se passait, comme je vous le disais, du temps où je sortais faire la bringue. C'est fini. J'ai trente-cinq ans bien sonnés. Alors faire la fête, pas question ! Une bamboche m'enverrait droit au cimetière. Et puis j'étais invitée par les filles des amies de ma mère. Les amies sont toutes mortes. Leurs filles se sont mariées et ne m'invitent plus. Personne ne me le dit, par politesse : on me considère comme une vieille fille.

Donc, cet après-midi-là, je m'en fus seule chez Sanborns après un aigre échange avec ma mère.

— Leticia, je veux que tu te montres plus attentive avec le *licenciado* Pérez.

— Mais je me montre attentive, maman. Je suis toujours là quand il vient nous voir, comme tu me l'as demandé... Plantée comme un Indien devant un bureau de tabac...

— Je ne sais pas d'où tu sors ces expressions.

— Je lis Elena Poniatowska et la Famille Burrón.

— Ne fais pas la maligne... Je veux dire que tu te montres réellement *attentive*...

— Tu veux dire qu'il faudrait que je le voie sous un jour romantique ?

— En quelque sorte, oui, répondit-elle sans cesser de caresser la bête poilue.

— Eh bien non, non, répliquai-je. Il est très vieux, il est très ennuyeux, plus bigleux qu'une chauve-souris et en plus il est halitueux.

— Halitueux, peut-être, mais il a beaucoup d'argent – doña Emérita fixa sur moi ses yeux invisibles derrière ses grosses lunettes noires. Fais-moi le plaisir de l'épouser.

— Quoi ? Quoi ? criai-je presque. Plutôt la mort.

— Non, ma fille. Avant ma mort.

— Que voulez-vous dire, maman ?

— Qu'avant de rendre l'âme, je veux te voir mariée.

— Pour quoi faire puisque nous vivons ensemble si tranquillement ?

— Pour que tu puisses vieillir de manière convenable. Tout simplement.

Je ravalai mon indignation. Entendre parler de mariage et de convenance par une vieille femme solitaire, rejetée et sans homme. Je m'enhardis à lui répondre, un peu gênée :

— Ce n'est pas nécessaire, maman. L'héritage me suffira.

Je regrettai plus que jamais de ne pas pouvoir voir ses yeux. Mais l'expression de la bouche était éloquente.

— Tu n'auras pas d'héritage si tu n'épouses pas le *licenciado* Pérez. J'ai dit.

Je fus prise d'une envie furieuse de l'étrangler sur-le-champ et de donner de la mort-aux-rats à la chatte angora. Je choisis plutôt d'aller prendre un *float* chez Sanborns pour me calmer les neurones.

Et c'est là que j'étais, tirant sur ma paille et bayant aux corneilles, lorsque je le vis.

Je le vis.

De profil. Une beauté, je vous assure. Je le vis avancer entre les tables. Sans veste, en chemise blanche, nœud papillon. Ben, me dis-je, c'est un serveur. Mais non. Il s'installa à une table, m'offrant toujours son profil, et il commanda quelque chose.

Je ne le quittai pas des yeux, fascinée. Le coup de foudre. Teint basané, cheveux longs, lisses, très soignés, profil de rêve. Une version totonaque, disons, de Benjamin Bratt. Je priai de toute mon âme.

— Très sainte Vierge, fais qu'il me regarde, je t'en prie.

Je me sentais, en quelque sorte, la Julia Roberts du Tepeyac.

Le miracle se produisit. Comme il arrive souvent, quand on regarde intensément quelqu'un, cette personne finit par se sentir regardée et cherche des yeux les yeux qui la fixent.

C'est ce qui se passa. « Benjamin » cessa de présenter son profil parfait pour tourner la tête. Il me regarda. Me sourit. Je devins toute rouge. Je ne révélai même pas, cependant, le frisson qui me parcourut les nerfs. Je piquai du nez dans mon verre et me concentrai sur ma paille.

Lorsque j'eus vidé mon verre, le type avait disparu.

Ce devint une obsession. Qui n'a été pris un jour par cet espoir de rencontrer de nouveau un être désiré, aperçu une fois par hasard ? Je retournai, jour après jour, contre toute probabilité, au Sanborns du Tepeyac. Il fallait que ce soit à la même heure que la rencontre initiale. Mais voyons, quelle rencontre ? Un furtif croisement de regards, à peine... Et salut, bye-bye. Moins qu'un choc de voitures sur le périphérique. Autant dire, rien.

Et pourtant, je n'arrivais pas à chasser le beau jeune homme de ma mémoire, de mes réveils solitaires et inquiets, de mes rêves dans lesquels le garçon de chez Sanborns forniquait ardemment avec la bonne Guadalupe que j'avais vue nue un après-midi...

Un jour, alors que je m'apprêtais à sortir, je fus arrêtée par les cris de ma mère. Je courus au salon où elle passait le plus clair de son temps. Elle serrait la chatte Estrellita contre sa poitrine tout en injuriant la « chatte » Lupita.

— À quoi penses-tu, Salomé de cambrousse ? criait-elle. Pourquoi crois-tu que tu es là ? Pour t'occuper de la maison ou pour danser le *jarabe* de Guadalajara ? Encore une négligence comme celle-là et je divise ton salaire par deux.

On remarquera qu'elle se garda de dire : « Je te mets à la porte. »

Parce que ma mère avait besoin de la bonne et celle-ci le savait.

Mais pourquoi était-elle dans un tel état d'agitation ? En me voyant arriver, elle m'en donna la raison.

— Figure-toi, Leticia, que cette bestiole tarée a laissé passer une souris sous mon nez...

Je contemplai avec scepticisme les fosses nasales de ma génitrice et les poils blancs qui en sortaient, et j'interrogeai :

— Une souris, maman ?

— Nie-le, souillon de paillasse, insista ma mère en s'adressant à la domestique.

— Ce n'est pas la faute de La Rougeaude, dis-je avec humeur. À quoi vous sert votre chatte, mère ? Je croyais que les chats savaient chasser les souris.

— Qu'est-ce que tu dis ? s'écria doña Emérita. Du sang de rat sur le museau de ma minette adorée ?

Je haussai les épaules.

— Je veux que tu me rapportes le cadavre, tenu par la queue, de cette bête immonde, aussi immonde que toi, déclara ma mère à Guadalupe. Chatte, rapporte-moi ce rat !

— À vos ordres, patronne.

La présence du rat m'emplit d'une étrange euphorie. Comme si j'avais découvert un digne concurrent à la chatte de ma mère. Dans le genre Tom et Jerry. J'échangeai un regard avec la Lupe. Ses yeux étaient de marbre. Moins expressifs qu'un poteau de feu rouge dans les bouchons à l'heure de pointe. Moi, en revanche, je nourrissais un désir secret. Le désir ardent de revoir le superbe jeune homme du café. Un beau garçon et un rat. Le comble du ridicule. Et pourtant, je me considérais comme bienheureuse – la reine du Printemps – d'être en proie à deux obsessions alors que ma vie s'était bornée jusque-là à attendre passivement la mort de ma mère.

Dieu Notre-Seigneur m'entendit, comme il entend, dit-on, la prière des malheureux. Je ne sais si je pouvais être classée parmi ces derniers, mais ce qui est sûr, c'est que je me sentais cafardeuse, une âme en peine, une « vieille fille », célibataire solitaire bonne à coiffer sainte Catherine... Et voilà qu'un soir, de l'avoir tant désiré, cela se réalisa. Je perçus un petit bruit, puis un grincement comme de serrure rouillée. Je me redressai dans mon lit, je regardai par terre et je le vis, blotti dans l'une de mes pantoufles, le raton.

Il m'observait de ses yeux brillants. Plus lumineux que la nuit. Il était dressé sur ses pattes arrière, les pattes avant jointes comme pour prier. Celles-ci étaient courtes, les pattes arrière plus longues. Les moustaches, raides. Le sourire, spontané. Mon raton me montra ses fortes incisives d'un blanc laiteux. Mais le plus remarquable étaient ses petits yeux vifs, nerveux, attentifs. La présence du rat n'était pas, ne pouvait pas être gratuite, fortuite. Il voulait me dire quelque chose. Il voulait m'introduire à un mystère. Il voulait me guider vers un monde secret, souterrain, ici même, dans ma maison, ou plutôt, la maison de ma mère.

Tout d'un coup, un éclair me traversa le ciboulot. Le rat était apparu pour me tenir compagnie, pour faire pendant à ma mère et sa chatte Estrellita. Chacune – la mère et la fille – allait avoir son *pet*, son animal de compagnie, sa mascotte. À ceci près qu'Estrellita, la chatte de ma mère, pouvait se pavaner dans toute sa vanité, blottie sur les genoux émérites, tandis que mon petit rongeur était anonyme et resterait secret. Il ne s'installerait pas sur mes genoux. Je ne pouvais même pas le montrer, le promener, le *tutoyer*. Il serait mon mystère nocturne. Mon compagnon. Ou ma compagne ? Comme s'il devinait mes pensées, le rat se coucha sur le dos pour me montrer son minuscule pénis, une petite saucisse cachée entre ses pattes arrière, mais que son torse ras et rose laissait clairement apparaître. Que me signifiait-il ?

Je crois que je le lus dans ses yeux.

— Je vois sans être vu, Leticia. Je suis partout sans que personne me voie. J'observe.

Il s'enfuit à toute allure.

Dès lors, je l'attirai chaque soir en déposant des petits morceaux de fromage au pied de mon lit. Je décidai de l'appeler « Dormouse » – Loir – en hommage à l'*Alice au pays des merveilles* de mon enfance. Au début, il avala de bon gré les morceaux de fromage. Puis il commença à les dédaigner. Il voulait autre chose. Ses grandes incisives prenaient une taille démesurée. Il fallait que je donne autre chose que du fromage à mon Dormouse. Quelque chose de dur.

— Toi qui viens de la campagne, me risquai-je à demander à la Lupita, sais-tu ce qui plaît aux rats en dehors du fromage ?

Elle était dans la cuisine en train de préparer le déjeuner. Elle découpait un poulet. Elle débarrassa rapidement un pilon de sa chair et elle me tendit l'os. Je compris.

Le Loir fut ravi de son festin ce soir-là. Désormais, seuls les os satisfairaient la voracité de ses incisives. Maintenant je savais : un rongeur doit ronger, ou il meurt. S'il ne se plie pas à son destin, les dents lui perforent le crâne et lui bouchent le gosier parce que les incisives d'un rat poussent vers le haut et vers le bas.

La question de l'alimentation était donc résolue. Mais pas celle de la faim sexuelle. Qu'allais-je faire ? Je ne me voyais pas lancée dans un safari domestique pour chercher une femelle à mon Dormouse. Je n'allais pas, non plus, m'abaisser à demander à la bonne de trouver une fiancée pour mon rongeur.

Je méditais sur mon petit dilemme au-dessus d'un *float* chez Sanborns lorsque mon rêve devint réalité. Je vis réapparaître le jeune homme de mes fantasmes. Comme la fois précédente, il ne se retourna pas vers moi alors que je le dévorais des yeux. Il se livrait, en revanche, à un manège bizarre : il soulevait et reposait une cage recouverte d'une étoffe épaisse, pareille à une de ces prisons pour oiseaux. Il la posait sur la table, puis il la redescendait sur une chaise. Et comme ça plusieurs fois de suite.

Puis il paya, se leva et s'en alla. En laissant la cage.

Je me dis : – Cours-lui après, idiote, c'est ta chance.

Au lieu de cela, j'eus le chic de prendre la cage, mais de ne pas courir après le type en criant comme une débile : « Jeune homme, vous avez oublié quelque chose... » Je soulevai la couverture pour regarder le petit oiseau. Derrière les barreaux, je ne vis pas pointer un canari mais une rate blanche.

J'en étais sûre. Je le vérifiai en rentrant à la maison. C'était bien une femelle. Quelle surprise pour le Loir !

Ce soir-là, avec la petite rate dans la cage, j'attendis la visite ponctuelle de mon ami. Il arriva, alerte comme d'habitude. Dans l'après-midi, il s'était passé quelque chose dont je lui étais reconnaissante. Je prenais le café avec ma mère et son inséparable chatte angora. Soudain, quelque chose attira mon attention. Ma mère parlait d'argent, de solitude, de la mort, déjà ancienne, de mon père, de sa haine de tout, à commencer par mon père (elle ne donnait aucune raison), de la politique, des bonnes, des Indiens, des gens qui quittaient leur lieu d'origine, des ploucs qui s'habillaient mal, des sténodactylos qui se teignaient en blond, du flic corrompu du coin, du chauffeur noir qui brisait la tranquillité de la rue en déboulant à toute allure, etc. Sa liste de haines était interminable.

La présence de mon rat me changea les idées. Je m'aperçus qu'il regardait tout sans être vu de personne. Il avait l'air d'observer la maison, les gens, les comportements. Cela en faisait mon compagnon secret non seulement de la nuit, mais du jour. Lui et moi contre doña Emérita et sa maudite chatte.

La présence vive du Loir contrastait avec l'impudence d'Estrellita. Je me rendis compte que les chats ne pensent à rien. Ils ont le cerveau vide. Ils ne sont pas mystérieux, comme on le croit. Ils sont isolés dans leur stupidité.

Ce soir-là, je libérai la rate blanche abandonnée par mon Adonis inconnu pour l'offrir à mon Dormouse. Ils se dévisagèrent avec surprise, puis ils s'enfuirent ensemble. C'était ma victoire. Modeste, partielle, mais victoire néanmoins. Estrellita mourrait vierge.

Je cessai de sourire.

Vierge comme moi.

La chatte de ma mère

— Voyons, Cléopâtre des nopals, cracha ma mère à la bonne le lendemain après-midi. Prépare du thé et des biscuits pour le *licenciado* Pérez. Il arrive à cinq heures. C'est un homme chic. Il a des habitudes anglaises. Tu sais ce que ça veut dire ?

— Comme Madame le désire.

— Chic, chic veut dire raffiné, élégant, britannique. Tout ce que tu n'es pas, chat de gouttière.

— À vos ordres, patronne.

La Lupe s'en fut vaquer à la cuisine et ma mère me demanda de l'aider à se rendre à l'« inodore », comme on nomme pudiquement chez nous le petit coin malodorant. Elle se déplaçait avec difficulté, aussi la menai-je jusqu'aux toilettes, la chatte dans les bras, et je l'attendis. Je sentis monter le dégoût en devinant que ma mère et sa chatte urinaient ensemble. C'était indubitable. Deux petits jets distincts.

Elle ressortit, pliée en deux, la chatte toujours dans les bras. Nous retournâmes dans le salon attendre la visite du bigleux à la mauvaise haleine, le *licenciado* Pérez. Visite pour laquelle je priai ma mère de m'excuser. Mon visage livide trahissait mon funeste destin. Soit j'épousais le *licenciado*, soit je n'héritais même pas du pot de chambre de ma mère.

Quelle ne fut pas ma surprise en voyant entrer le *licenciado* José Romualdo Pérez, suivi, comme d'habitude, de la secrétaire aux boucles laquées, mais sans le minuscule comptable à la face aussi cramoisie que sa chemise.

Doux Jésus! Derrière le *licenciado* et la secrétaire, je vis apparaître, un élégant porte-documents au bout du bras, mon Adonis de rêve, mon Rudolph Valentino du café Sanborns, grand, beau, avec ses longs cheveux noirs et brillants, sa peau brune comme du sucre de canne, son regard limpide et néanmoins séducteur…

Je faillis tomber dans les pommes. Le coup de foudre je l'avais déjà eu.

— Doña Emérita, je vous présente mon nouveau comptable, don Florencio Corona.

Sommet de l'extase. En me tendant la main, Florencio Corona s'inclina en m'adressant un clin d'œil. Le *licenciado* Pérez, aveugle comme le mur, ne se rendit compte de rien.

2.

Plus que chez moi, je me suis instruite chez Sanborns. Comme je vais seule au café, je peux mettre mes oreilles de Dumbo et écouter ce qui se dit autour de moi. C'est ainsi (en plus de la lecture de Poniatowska et la Famille Burrón) que j'ai réussi à tenir mon vocabulaire à jour. J'ai piqué tous les mots. De *chicho* à *chido* en passant par *suave*. De *joto* à *marica* à *gay*. De *abur* à *nos vidrios* à *bye-bye*. De *novia* à *vieja* à *maridita*. *Maridita*.

J'étais prête à adopter avec le plus grand naturel n'importe quel argot, n'importe quel jargon des vingt-cinq dernières années. Vaine illusion. Mon Adonis le jeune avocat Florencio Corona parlait un espagnol correctissime, sans aucun mexicanisme. La bonne Guadalupe faisait bien plus terroir avec ses « *mesmos* » et ses « *mercedes* » parce que c'est ainsi que les Indiens avaient appris à parler « la Castilla » aux temps du velléitaire Cortés et de sa concubine la Malinche.

Florencio Corona, mesdames et messieurs, était ce qu'en anglais on appelle un *dreamboat*. Beau, grand, je l'ai déjà dit, vêtu de costumes impeccables et avec l'audace de porter des nœuds papillons que personne n'ose arborer hormis les Américains du Nord et notre présumé défunt Adolfo Ruiz Cortines. Soit que les gringos craignent de tremper leur cravate dans le ketchup. Soit parce qu'ils supposent qu'en prison les gens peuvent se pendre avec une cravate, mais pas avec un nœud papillon. Et, vous savez bien, les gringos sont prêts à faire n'importe quoi, escroquer, tuer, attaquer une banque, violer une petite fille, plutôt qu'aller en prison.

Bon, les choses tournèrent de telle façon que mon Adonis et moi nous donnions rendez-vous tous les après-midi au Sanborns de la Villa de Guadalupe, nous découvrant peu à peu, nous racontant nos vies respectives, parlant de tout sauf de ce qui nous avait réunis pour la première fois lors de la visite du *licenciado* Pérez : l'héritage de ma mère.

Florencio Corona venait de Monterrey. Il avait étudié le droit et la comptabilité à l'Institut de Technologie de ladite « Sultane du Nord ». On connaît tous les lieux communs et les blagues qui courent sur les habitants de la capitale du nord du pays, qu'ils sont plus radins qu'un Écossais à jeun, incapables de mettre la main au portemonnaie, durs à la détente, grippe-sou au point qu'ils n'offriraient pas un verre d'eau même au coq de la Passion. Eh bien, mon Florencio était tout le contraire de ce tas de clichés à la noix. Généreux, dépensier, gentil, simple, tendre, on aurait dit qu'il me connaissait depuis toujours, me donnant du « mademoiselle » jusqu'à ce que je lui dise « Leticia, *please* », puis « Tu peux m'appeler Lety », ce qui le fit rire :

— Ne m'appelle pas Flo.

Autrement dit, nous plaisantions ensemble, et bientôt, nous tombâmes amoureux.

J'abrège parce que je ne sais pas raconter comment les gens tombent amoureux. J'avais sept ans (dix, à vrai dire) de plus que lui, mais nous formions un joli couple. Lui grand et beau, musclé, athlétique, moi toute petite, mince, fine, à mi-chemin – me dis-je chagrinée – entre le rat et la souris. Je secouai la tête. L'idylle inattendue avec Florencio m'avait poussée à négliger le Dormouse et sa compagne. Je négligeais même ma mère et la sienne de compagne, la sinistre chatte Estrellita. Bref, j'étais obsédée par Florencio avec lequel je n'étais pas encore allée au-delà des jeux de main poisseuse de tarte, à une table de chez Sanborns.

Pourtant, c'est lui qui m'avait offert la Minnie Mouse, l'affaire ne lui était donc pas étrangère. Un jour, je me décidai à lui en parler.

— Merci pour la souris, Florencio. Je crois que le Loir est si content qu'il m'a faussé compagnie.

— Arrange-toi pour les trouver ce soir, me répondit énigmatiquement mon amoureux.

Ce que je fis. C'était d'une simplicité enfantine. Où pouvaient-ils être si ce n'est sous mon lit ? Et en quelle compagnie si ce n'est leur progéniture formée de quatre ratons, engendrés en un clin d'œil. Lisses, chauves, venus au monde sans le moindre pelage. J'en fus tout attendrie. Dormouse et Minnie Mouse me regardèrent avec gratitude comme pour dire :

— Merci de nous avoir accueillis.
— Merci de ne pas nous avoir exterminés.
— Les rats se reproduisent en vingt jours, me dit Florencio.
— Et ils vivent pendant combien de temps ?
— Moins d'un an.

Je réprimai un petit cri de mélancolie. Florencio me caressa la main.

— Presque toujours parce qu'ils sont pourchassés. Par les chouettes, par les oiseaux de proie.

Puis il ajouta, les yeux brillants, affectueux :

— Veille bien sur eux. Ils forment un couple, comme toi et moi.

Je pris mon élan :

— Florencio, ma mère veut me marier à ton *boss*, le vieux Pérez.

— Ne t'inquiète pas, Leti.

— Bien sûr que je m'inquiète. Si je refuse, elle me dépouille. Elle me laissera sans un sou.

Florencio sourit et commanda un Coca-Cola avec une glace au citron.

En ce soir du 11 décembre, je fis effectivement la fête au couple de rats et à leur progéniture. Cette fois, je leur apportai de petits morceaux de gruyère, pour changer, des soucoupes d'eau et j'allai même à la cuisine chercher des os de poulet.

— Lupe ! appelai-je. Guadalupe !

Elle n'était pas là, alors que c'était l'heure du dîner.

Je montai à la chambre de service. Non seulement elle ne s'y trouvait pas, mais elle avait emporté toutes ses affaires. Les saints, les petites bougies, les posters de Brad Pitt et du catcheur Blue Demon. Les cintres à vêtements, vides.

Inquiète, je redescendis jusqu'à la chambre de ma mère. J'entrouvris la porte. Elle dormait, les lunettes noires posées comme un masque qu'on utilise en avion pour se protéger de la lumière. Estrellita sentit ma présence et émit un ronronnement menaçant. Je me souvins que les chats y voient la nuit et me retirai doucement.

Le lendemain matin, 12 décembre, ma mère fit longuement retentir la sonnette et je me hâtai d'accourir. Idiote que j'étais : la Lupita n'avait pas répondu à la sonnette parce qu'elle avait fichu le camp, cette fois vraiment comme une fieffée voleuse, une vulgaire souillon, sans dire au revoir. Encore que, me dis-je, ma mère l'avait tellement humiliée que cela devait arriver.

Je montai avec le plateau. Ma mère était assise dans le lit, les lunettes sur le nez et Estrellita dans son giron. Elles me dévisagèrent toutes les deux avec une égale suspicion et un égal dédain.

— Où est passée la chatte ? demanda brusquement ma mère.

— Elle est sur tes genoux. Tu ne vois pas ?

— Ne te moque pas d'une respectable vieille dame.

— Elle est sortie.

Je mentis comme pour atténuer le coup : il allait nous falloir chercher une autre domestique. Je préférai ne pas imaginer le regard fulminant de ma mère derrière les lunettes de soleil.

— *Sortie ?* s'exclama-t-elle les dents serrées : on ne dirait jamais d'elle « la bouche ouverte ». Elle croit qu'on est dimanche ?

— C'est-à-dire, me risquai-je enfin, je crois qu'elle est partie *for good*, définitivement, maman.

— Comme ton père, siffla-t-elle entre ses dents. Comme ton père !

Comment aurais-je osé lui demander quand, comment, pourquoi, alors qu'il s'agissait là de choses intouchables, des sujets empoisonnés ? Pour moi-même, me dis-je, ça vaut mieux pour moi. J'imaginai la vie avec Florencio et plus rien du passé ne me parut important.

— Ne t'inquiète pas, maman. Je m'occuperai de toi en attendant que nous trouvions une nouvelle bonne.

Cela parut l'apaiser.

— Assieds-toi, nous allons regarder passer la procession, dit-elle d'un ton satisfait, et l'affreuse

Estrellita de ronronner derrière du même ton satisfait.

— Quelle procession ? demandai-je, l'esprit ailleurs, c'est-à-dire du côté de Florencio.

— *Hérétique*, me lança-t-elle avec mépris. Nous sommes le 12 décembre, jour de la Vierge de Guadalupe, sainte patronne du Mexique. Qu'est-ce qu'on t'a appris chez les bonnes sœurs ? J'aurais dépensé tout cet argent pour rien ?

Je récitai, pour lui faire plaisir :

— Un 12 décembre, la Vierge de Guadalupe apparut à l'Indien Juan Diego sur la colline du Tepeyac.

— En effet, dit ma mère en serrant les dents. La Vierge est apparue. Mais Juan Diego n'était pas un petit Indien, cette histoire est pure démagogie. Il est prouvé qu'il était créole, comme toi et moi...

— La légende dit..., osai-je rétorquer.

— Quelle légende ? Mécréante ! Le saint-père de Rome l'a canonisé. Un Indien ne peut être fait saint, pas même par Dieu Tout-Puissant. Tous les saints sont blonds. Le saint-père a dit...

J'interrompis son verbiage véracruzien :

— Dieu Tout-Puissant dont le pape est le vicaire sur terre.

Pour mettre fin à la vaine dispute, bien que rien ne pût faire taire ma mère.

— Il a dit haut et fort : Veracruz est la plus

belle ! Tu vois comme le saint-père connaît la géographie mexicaine...

Elle poussa un soupir de satisfaction, puis revint à la charge.

— Et quoi encore ?

— La Vierge a offert à Juan Diego, le petit créole, des roses au mois de décembre, puis elle a laissé son empreinte sur sa *tilma*.

— Sa quoi ?

— Sa cape espagnole. Elle s'est imprimée dans le tissu et c'est l'image miraculeuse que vénèrent tous les Mexicains.

— Sauf les Indiens, les communistes et les athées.

— Oui, mère. Mais regardez. La procession arrive. Ils portent la Vierge sur leurs épaules. Ah, et ce pénitent avec sa couronne d'épines. La Vierge, elle, est entourée de fleurs sur un autel doré.

Le pénitent avançait, titubant un peu, mais solidement soutenu par les porteurs de l'image sainte.

Venait aussi la représentation vivante de la Vierge de Guadalupe.

Ma mère poussa un cri.

La femme qui incarnait la Vierge était notre servante Lupita, notre bonne, la Rougeaude, notre chatte, recouverte d'une cape bleue parsemée d'étoiles sur une longue tunique rose, perchée sur les cornes de taureau, encadrée de fleurs, une lumière au néon en guise d'auréole.

Elle passa sous le balcon de ma mère en posture pieuse. Elle leva les yeux. Ou plutôt, elle transperça ma mère du regard. La Vierge – notre Lupita – leva la main et fit un pied de nez à ma mère.

Non contente de ce geste insultant, la double Guadalupe – vierge et servante – tira la langue en direction de ma mère et réussit même à lui envoyer un pet sonore.

Doña Emérita poussa un cri déchirant et tomba à plat ventre sur le balcon. Je la touchai. Elle était morte. Ses lunettes cassées gisaient à côté de la petite tête blanche. Elle avait les yeux ouverts. L'un était bleu. L'autre, jaune.

J'attrapai la chatte Estrellita par la queue et je la jetai, hurlante, dans la rue. Elle tomba parmi la masse des fidèles – des milliers – qui suivaient le cortège de la Vierge. Les miaulements de l'animal se perdirent bientôt dans la rumeur oratoire de la foule.

Mater dolorosa-Ora pro nobis.
Mater admirabilis-Ora pro nobis.

3.

Florencio Corona s'occupa avec diligence de tout ce qui concernait le décès de ma mère. Nous

nous passâmes de veillée funèbre. Elle n'avait pas d'amis. Moi non plus. Une annonce dans le journal était inutile. Je déclarai à Florencio que je ne voulais pas de messe.

Maman fut transférée au Panthéon espagnol et là dans le caveau de famille. Les cyprès gémissaient de solitude. Les chaînes, de rouille accumulée.

Mon souci du moment n'était pas ma mère. C'était le testament et sa funeste volonté :

— Ou bien tu épouses le *licenciado* José Romualdo Pérez, ou bien tu ne touches pas un sou.

Pourquoi m'étais-je inquiétée ? Même cela avait été arrangé par Florencio.

— Don José Romualdo, en plus d'être presque aveugle, est devenu un peu distrait. J'ai fait disparaître cette clause du testament. J'ai falsifié les signatures nécessaires, Leti.

Je le dévisageai avec gratitude... et étonnement.

— Et le *licenciado* ?

— Il a poussé un soupir de soulagement. Ta mère lui avait imposé cette obligation contre sa volonté, et il avait accepté pour mettre la main sur la fortune qui, en réalité, te revient.

— Alors il est d'accord ? Comment ça ?

— Il va falloir que tu lui donnes sa petite part.

— Avec plaisir, pourvu que je n'aie plus à renifler son odeur.

— Maintenant il est libre. Il va épouser sa secrétaire.

— Cette zonzon ? m'exclamai-je spontanément.

— Celle-là même. La grosses cuisses aux cheveux laqués. Ils s'adorent.

Il marqua une pause « enceinte », comme on dit en anglais. *A pregnant pause*, pas mal ça.

— Ils s'adorent. Comme toi et moi, Leti.

Nous nous mariâmes quinze jours après le décès. La fortune de ma mère était honnête, sans plus. La maison de Tepeyac. Quelques bijoux. Un portefeuille à la banque de quelque deux cent cinquante mille dollars et cent mille pesos sur le compte courant.

Peu nous importait. Florencio emménagea dans la maison de Tepeyac. C'est là que nous passâmes notre lune de miel.

— La fortune nous a souri, Leticia, me déclara-t-il un matin au cours d'une de ces longues toilettes qu'il faisait, plus longues que celle d'une femme, il adorait s'épiler, même la poitrine et les aisselles, se parfumer, se coiffer, à l'ancienne, avec de la gomina.

— Soyons économes, dit-il. Il n'y avait pas autant d'argent que nous le pensions. Nous allons rester ici. Pas de voyage de noces.

Et il en fut ainsi. Tous les délices de l'amour me furent offerts par Florencio, multipliés parce qu'ils m'arrivaient alors que j'avais perdu tout espoir. Je les savourais d'autant plus que je n'étais plus une petite fille, mais une femme de trente-cinq ans, consciente de recevoir un don du ciel en pleine maturité.

Un bonheur conscient. Tel était mon état en tant que Mme Leticia Lizardi de Corona. Mon amoureux était parfait, sexy, accommodant, parfumé, doux, tendre, attentif. Il disposait de tout son temps. Le *licenciado* Pérez avait pris sa retraite pour vivre avec sa secrétaire, laissant sa clientèle à Florencio. Il n'y avait aucune urgence. C'est ce qu'il me racontait.

— Nous allons profiter de la vie ensemble, Leti. Je reprendrai le travail dans un mois.

— Et pour le ménage ? demandai-je le plus naturellement du monde.

Il m'offrit son sourire fascinant à la Benjamin Bratt dont j'ai déjà parlé.

— Et si nous faisions de cette maison *notre* maison, Leticia ? Je veux dire rien que la nôtre, sans aucun intrus. Toi et moi, seuls. Toi et moi ici…

Je songeai, inquiète, aux tâches domestiques. Florencio me tranquillisa.

— Tu mérites un traitement de reine. Ne t'inquiète pas.

Et en effet, Florencio se révéla un serviteur idéal. Il dépoussiérait, lavait par terre, faisait la lessive, les lits, cuisinait à merveille... Un rêve. Une île déserte au milieu d'une ville de vingt millions d'habitants.

— Vingt millions de fils de pute, dit-il un jour, me surprenant par ses paroles parce que je ne l'avais jamais entendu prononcer le moindre gros mot.

Je ne m'en inquiétai pas :

— Et toi et moi, mon amour... Rien que toi et moi.

Un mois, disais-je. Un mois de bonheur parfait. D'abandon. De confiance. De perplexité, aussi. Je ne m'étais jamais trouvée en compagnie d'un homme nu, et je n'en avais vu que dans quelques films. Florencio se montrait devant moi totalement nu. Ma perplexité venait du nombre de bains qu'il prenait par jour et de son souci d'avoir un corps lisse comme le marbre. Je fus particulièrement intriguée de le trouver un soir dans la salle de bains en train de se raser soigneusement le pubis. Devais-je en faire autant ? Mon instinct me dit que non, pas question...

Je me souciais plus de l'oubli que de la perplexité suscitée par tant de choses nouvelles dans ma vie avec Florencio. L'oubli. Mes ratons et leurs familles m'avaient quittée, comme s'ils avaient deviné que mon bonheur se suffisait à lui-même. La chatte Estrellita avait disparu sous les pieds des dévôts de la Vierge de Guadalupe. L'autre chatte, la bonne Lupita, était peut-être montée au ciel dans son costume de Vierge Marie, *for all I cared*.

Florencio et moi, Leticia et lui. Personne d'autre.

Jusqu'à la nuit où je fus réveillée par des cris perçants insupportables. D'où venaient-ils ? Florencio dormait. J'ouvris la porte de la chambre qui donnait sur la cour et je m'aperçus que celle-ci était envahie par les rats. Tout l'espace, de la porte à la grange, grouillait de rongeurs dans une cacophonie de couinements d'insatisfaction. Un océan de pelages gris, d'incisives blanches, de petits culs roses et d'yeux voraces tous fixés sur moi.

Je m'évanouis. Au matin, Florencio me trouva et me porta sur le lit. Je lui racontai ce que j'avais vu. Il hocha la tête.

— Il n'y a qu'une seule chose pour chasser les rats.

— Quoi, Florencio ?

— Les chats.

Sa réponse me laissa sans voix.

— Il nous faut un chat.

— Jamais ! – m'écriai-je en pensant à Estrellita, à ma mère, à la tyrannie qu'elles exerçaient, et des mots dignes de doña Emérita me sortirent de la bouche – : N'oublie pas que cette maison est à moi.

Florencio sourit, m'embrassa et dit :

— Alors des chouettes. Elles adorent exterminer les rats.

— Et mes petits amis ? objectai-je sentimentalement.

— Leticia, ma chérie, cette horde de rats descend de tes chers petits *pets*. Il faut choisir.

Il me caressa la tête.

— Tu ferais mieux de dormir, ma chérie. Tu es très secouée.

J'essayai. Je réussis tout juste à grappiller quelques heures d'un sommeil agité et inquiet. Peinée de voir en rêve mon adorable couple de souris transformé en véritable horde de rats. Honteuse de me réveiller les jambes écartées, le sexe à l'air, avec la sensation d'être pénétrée par un énorme sexe d'homme.

Je me redressai, décidée à aider mon industrieux mari dans ses tâches domestiques. Pourquoi me gâtait-il tellement ? Pourquoi me conseillait-il : « Reste au lit. Repose-toi. Je m'occupe de tout » ?

Il me faisait un clin d'œil, avec son charme de *movie star* : « De tout. »

Vieille fille pleine de gratitude !

Je traversai les espaces si familiers de la maison. Je songeais, en contraste avec mon bonheur actuel, à mes années de malheur sous la tyrannie de ma mère. Je trouvai Florencio à quatre pattes dans la salle de séjour en train de soulever le carrelage avec une pioche. Tendu, fiévreux.

— Florencio ! Qu'est-ce que tu fais ?

Il ne put réprimer un sursaut.

— Bon Dieu, tu m'as fait peur ! – Il sourit aussitôt. – Écoute, ces carreaux sont très vieux, ils se cassent. On va les remplacer.

— Très bien, dis-je sans guère de conviction. Je vais t'aider.

Une irritation inattendue surgit dans la voix et dans les yeux de mon époux.

— Je n'ai pas besoin de toi, lança-t-il avec une grossièreté qui m'arracha des larmes, et il me cria de retourner dans la chambre conjugale.

Il avait crié. Pour la première fois depuis notre mariage, Florencio ne me rejoignit pas dans notre lit. Que se passait-il ? Je ne voulais pas aller voir. C'était ma faute. Je l'avais agacé avec mon ton possessif, comme si la maison ne nous appartenait pas à tous les deux maintenant... J'avais été imprudente. Je ne savais pas m'y prendre avec un homme. Je manquais d'expérience. Je le lui avais avoué dès le premier jour. « Florencio, je m'en remets à toi. Apprends-moi à vivre. »

Je sais que cela ressemblait à un tango de Libertad Lamarque : « Aide-moi à vivre ». Je me mis, en effet, à chantonner des mélodies de la reine du tango pour me bercer jusqu'à ce que je m'endorme.

Je fus de nouveau réveillée par la multitude des couinements qui montaient de la cour. Je sortis en chemise de nuit dans le couloir et je vis non seulement la masse grise qui grouillait dans la cour, mais l'avant-garde des rats qui commençait à grimper, menaçante, les premières marches de l'escalier de fer.

Je poussai un cri d'horreur. Je courus, pieds nus, à la recherche de Florencio. Je le trouvai à genoux dans la salle de séjour. Ou ce qu'il en restait. Tout le sol avait été enlevé. Le salon de ma mère ressemblait à une de ces rues de la ville en travaux perpétuels.

— Florencio, murmurai-je.

Il sursauta et cacha des deux mains un trou dans le sol.

Son expression coupable était démentie par la voix rauque.

— Qu'est-ce que tu veux ? Ne t'ai-je pas donné l'ordre de rester au lit ?

— Florencio, je veux savoir ce qui se passe.

Cette fois, je dois dire, il me regarda avec tendresse :

— Leticia, une vieille maison comme celle-là recèle beaucoup de secrets, raconte de nombreuses vies. Les maisons ont des histoires. Des histoires parfois peu agréables…

— Tu vas me raconter ma propre maison ? Ma maison, Florencio, pas la tienne…, répliquai-je d'un ton involontairement arrogant.

De sa position accroupie, il me lança un regard féroce.

— Pauvre fille.

— Pauvre fille ? répétai-je, incrédule.

— Oui, dit mon mari en s'asseyant sur le sol en ruine. Pauvre fille. Insipide. Ignorante. Maigre. Plate. Informe. Fesses en gouttes d'eau. Plaques de cellulite. Seins pendants. Que veux-tu savoir d'autre, connasse ?

Il éclata d'un rire agressif :

— Tête d'andouille. Sexe de guimauve.

Abasourdie, effrayée, humiliée, je courus me réfugier dans ma chambre. Je fermai la porte à clé. Je me jetai sur le lit en pleurant. Pour la deuxième nuit consécutive, je me sentis pénétrée par un intrus invisible et les sanglots me servirent de berceuse.

Je crois que je repassai ma vie en rêve, essayant de former une trame intelligible entre la mort de ma mère, mon mariage avec Florencio, le piège du testament, Florencio s'efforçant de cacher quelque chose qu'il avait trouvé sous les dalles du salon, indifférent au ridicule de sa posture, allongé sur le dos, écartant les mains et les pieds pour couvrir quelque chose, quelque chose de caché sous le carrelage, ridicule et provocant, comique et insultant ; avais-je mérité cela ? qu'avais-je fait de mal ? Comme toujours, je me culpabilisais, faisant défiler dans mes rêves tous les événements de ma vie, toutes les énigmes jamais résolues, convaincue que je ne saurais jamais la vérité sur l'absence de mon père, sur les lunettes noires de ma mère, ses yeux pareils à ceux de la chatte Estrellita, l'un bleu, l'autre jaune, les pipis partagés de ma mère doña Emérita et de la chatte doña Estrellita, la double condition de la chatte Guadalupe, vierge et servante, le caractère double de Florencio, si affectueux hier, si cruel aujourd'hui, qui me possédait non seulement charnellement, mais spirituellement, car c'était lui l'invisible fantôme qui me rendait visite, dans ma solitude aux jambes écartées... j'en étais sûre... J'en vins même à rêver du *licenciado* José Romualdo Pérez en pleine lune de miel à Cancún avec la secrétaire aux cheveux raides et aux grosses cuisses... Il était peut-être le seul homme heureux. Pérez. *Licenciado*. Dupé par Florencio. Testament. Faux. Faux les témoins, la sténodactylo et le comptable à la face et la chemise violettes. Faux. Tout était faux...

Cette nuit-là, je ne fus pas réveillée par les rats dans la cour. Ils n'avaient pas réussi à grimper dans la maison. J'en remerciai le ciel. Le jour pointait. J'avais faim. Où Florencio dormait-il ? Peut-être n'avais-je fait que rêver les horreurs de la veille ? Je voulais m'en assurer. Le silence qui régnait me réconfortait. Je me sentis bien. *Nice*. J'entrai dans la cuisine. Je poussai un cri.

Un squelette vêtu de noir – veste, pantalon, cravate, col montant – était assis au bout de la table. À côté de lui, Florencio buvait une tasse de thé fumant.

— Je te présente ton père, Leticia.

Mon cri s'étrangla dans ma gorge.

— Quand je te dis qu'une vieille maison renferme de nombreux secrets...

Il me regarda de son nouvel air insolent.

— Tu veux connaître l'histoire ? C'était un curé défroqué, obligé de se marier pour ne pas se faire fusiller pendant les persécutions anticléricales de Calles. Il choisit ta mère parce qu'elle était catholique... et riche. Doña Emérita ignorait qui était son mari. Quand elle apprit qu'elle était mariée à un curé, elle l'empoisonna et elle l'enterra sous le sol du salon.

Il but une gorgée de thé.

— Tu venais de naître et le curé se décida à avouer la vérité. Les ossements ne sentent pas. Tes rats m'ont guidé. Eux, oui, ils trouvent d'instinct les vieux os... Les os, mais pas l'argent...

Il éclata de rire devant mon expression idiote.

— Quand je te dis qu'une vieille maison est pleine de vieilles histoires...

Je retournai en courant vers mon refuge, ma chambre.

Je perçus la voix moqueuse de mon mari qui montait de la salle à manger :

— Bien des surprises t'attendent encore, Leti. Prépare-toi. Celle-ci n'était que la première...

Un rugissement féroce m'accueillit dans le couloir.

Dans la cour se promenait à pas silencieux, mais menaçant dans chacune de ses foulées, un léopard blanc, blanc comme l'Estrellita tant détestée, un léopard abominable, avec un œil bleu et un œil jaune, qui me jetait des regards de brute, à la fois stupide et effrayant, imperméable à toute approche amicale, à toute caresse, un léopard d'une puissance sinueuse, musculature invincible, nez court et concentré pour aiguiser le flair, ayant renoncé à ses habitudes nocturnes pour me surprendre de bon matin, doté d'une gorge profonde qui lui permet de rugir, de rugir comme il le fait à l'instant tandis qu'il se dirige vers l'escalier, grimpe lentement les marches sans cesser de rugir, il me guette, il sait que je n'ai pas où me cacher, que sa force animale lui permet d'enfoncer n'importe quelle porte, mais nous allons peut-être mourir ensemble parce que du centre de la cour je vois soudain monter des flammes – c'est mon seul espoir : que la maudite maison prenne feu.

Le léopard tourna la tête vers la porte cochère, comme s'il cherchait tout simplement la sortie.

Ils sont là tous les deux, Florencio mon mari et Guadalupe la Rougeaude. Ils me regardent. Ils s'étreignent. Ils s'embrassent pour m'humilier. Non. Je me trompe. Ils avancent main dans la main vers le brasier au centre de la cour.

Ils ne s'adressent pas à moi tandis qu'ils marchent vers les flammes. Lui est tout vert, couvert de branches et de feuillage qui lui sortent par les oreilles sans parvenir à cacher la forêt de poil animal qui avait repoussé sur ce corps si soigneusement rasé. Elle, en habit de Vierge, celui dans lequel nous l'avions vue passer sous le balcon de ma mère le 12 décembre, mais affublée d'un écriteau accroché autour du cou disant

JE SUIS LA FEMME ANOMALE

Ils s'approchent du brasier en parlant d'une voix unie qui me parvient clairement, immobilisée comme je le suis dans le couloir par la présence du léopard.

Florencio : — Voici venir le solstice d'hiver. Le soleil se couche tôt.

La Lupe : — Où es-tu, Florencio Corona ?

Florencio : — Florencio Corona a été brûlé vif lors du grand Autodafé de Mexico.

La Lupe : — Le 11 avril 1649.

Florencio : — On le conduisit au bûcher bâillonné pour ne pas entendre ses blasphèmes.

La Lupe : — On le conduisit enfermé dans un panier pour que ses pieds impurs ne touchent pas le sol de Mexico.

Florencio : — On vit arriver des carrosses. On vint de mille kilomètres à la ronde. Au son des tambours et des trompettes.

La Lupe : — Pour assister à la mort sur le bûcher de Florencio Corona, victime de la Sainte Inquisition.

Florencio : — Étions-nous des hérétiques ? Étions-nous coupables ?

La Lupe : — Non. Nous étions juifs. On nous accusa et on nous condamna afin de nous exproprier de nos biens. Nous fûmes victimes de la convoitise ecclésiastique.

Florencio : — Cette maison. Cette vieille maison.

La Lupe : — Notre maison du Tepeyac, voisine de l'autel de la Vierge.

Florencio : — La femme anomale. Toi. Brûlée il y a trois siècles.

La Lupe : — Des juifs convertis. On nous accusa pour pouvoir confisquer nos biens.

Florencio : — Il suffisait d'être mis en accusation pour ne plus revoir sa maison.

La Lupe : — Nous voici revenus. Le feu nous purifiera de nouveau.

Et ils entrèrent tous deux, main dans la main, dans les flammes.

4.

Ils se sont emparés de la maison. Ils paraissent et disparaissent. Ils parlent de choses que je ne comprends pas. Ils disent que le Diable est la poussière de la ville. Ils disent que les armes du Diable sont l'espoir et la peur. Ils disent qu'au début, il était interdit de croire aux sorcières et aux possédés. Ils rappellent que c'est l'Église qui en a imposé la croyance et l'obligation de les châtier. Ils disent que nous avons détruit les vignes et tué les fœtus dans le ventre de leur mère.

De temps à autre, Florencio vient vers moi, tout poilu de nouveau, l'haleine sulfureuse, pour me dire :

— Les forces de l'enfer sont impuissantes. Nous avons besoin de l'intermédiaire humain.

Ou bien :

— Nous t'avons trompée, certes. Mais désormais nous allons te protéger, Leticia.

Elle, la Lupe, est plus cruelle :

— Nous allons te faire subir ce qu'on nous a fait subir.

Ils apparaissent. Ils disparaissent. Ils sont visibles dans l'obscurité. La lumière du jour les rend invisibles. Mais je sais qu'ils sont toujours là.

Ils m'obligent à faire le ménage. Ils me font manger des viandes crues d'animaux inconnus. Ils dansent nus dans la cour sous la grêle. Lui se rase parfois complètement, mais il retrouve bientôt son pelage animal. Elle ne se sépare jamais de son manteau virginal ni de l'écriteau JE SUIS LA FEMME ANOMALE.

Florencio vient parfois me voir, de préférence lorsque je suis dans une position humiliante, en train de laver par terre, pour me raconter à demi certaines choses. Ils hantent cette maison depuis l'autodafé de 1649. Ils entrent et ils sortent. Indépendamment de leur volonté. Il y a parfois des forces qui les empêchent d'entrer. À d'autres moments, il y a des faiblesses facilement exploitables. Ma mère semblait une vieille femme tyrannique, grossière, fragile. En fait, non, dit-il. Elle était très forte. Sa foi était authentique. Elle était capable de tuer pour sa foi. Il ne fallait pas confondre l'apparence superficielle de sa vie chrétienne, qui pouvait aller jusqu'au grotesque, avec la réalité profonde de sa relation à Dieu.

— Tu es sa fille. Tu ne t'es jamais rendu compte de cette évidence ?

Je fis non de la tête que je tenais perpétuellement baissée.

— Ta mère se cachait derrière sa bigoterie et son intolérance. Mais nous – Guadalupe et moi – ne pouvions pas la vaincre. Sous la surface, elle avait vraiment la volonté de la foi. Cela la rendait invincible. Elle était maligne. Elle se faisait accompagner d'une bête associée au Démon. Sa chatte Estrellita était un succube infernal qui la protégeait contre nous.

— Maman vous connaissait ?

— Non. Elle soupçonnait notre présence. Elle nous empruntait nos propres armes. Elle nous contraignait à nous cacher, à l'épier, à feindre. La farce de la Guadalupe a eu raison d'elle. Elle a compris que nous savions et que nous attendions notre heure. Sa foi était surnaturelle, magique. Elle se défendait avec les armes du Diable.

— Et vous, toi et la chatte ?...

Il posa son pied sur ma main. Je résistai à la douleur.

— La Lupe. Vous êtes juifs, c'est pour ça qu'on vous a brûlés ?

— Non. On nous a brûlés pour s'emparer de nos richesses.

— Parce que juifs. Par convoitise. Sans raison.

— Si. Ils avaient une raison. Persécutés, nous n'avions qu'un seul allié. Le Démon.

Un jour où je le sens plutôt mieux luné, je lui demande pourquoi il fallait déterrer le cadavre de mon père, l'habiller et l'asseoir au bout de la table.

Il ne se fâche pas, parce que ma question lui fournit l'occasion de faire l'acteur. Il arque un sourcil. Il sourit comme un méchant de cinéma chic. George Sanders.

— Je te l'ai dit. Une maison aussi vieille renferme de nombreux mystères. Le coup de ton père, c'était, comment dire, un *hors d'œuvre**...

Sourire cynique, séducteur, adorable.

— Pour que tu t'habitues peu à peu au mystère, ma chérie.

Je m'enhardis jusqu'à dire :

— Pourquoi tenez-vous à me garder ici ?

Il fronça les sourcils sans répondre.

— Si toi et la Lupe vous vous suffisez à vous-mêmes...

Je me lançai :

— Laissez-moi partir. Je promets de garder le silence.

Il me flanqua une gifle et sortit de la chambre.

Il attendit que je sois réveillée par le bruit des rats dans la cour. Il m'arracha la couverture, me tira hors du lit et me traîna de force jusqu'au haut de l'escalier. Je contemplai le grouillement féroce des rongeurs. Il pointa un index verdâtre, au grand ongle noir.

— Condamné pour relaps... Mort sur le bûcher... Simulateur impénitent, fourbe captieux... Juana de Aguirre, femme mariée qui déclara que ce n'était pas un péché d'avoir des relations charnelles avec une disciple du Diable... Manuel Morales, grand théologien juif, transformé en statue par le Saint-Office... Luis de Carvajal, condamné à être brûlé vif, converti au christianisme pour éviter la rigueur de la sentence...

Je poussai un cri d'horreur et j'eus l'impression de me trouver moi-même ensorcelée par la cruauté. Florencio me considéra d'un air goguenard.

— On fit preuve de charité, aussi, Leticia. On accorda aux repentis la prison à perpétuité, vaste demeure de grande capacité où ils pouvaient accomplir leurs pénitences sous l'œil des Inquisiteurs. Ils y vivent regroupés et reclus, et non plus répandus dans toute la ville. Dans cette prison, ils sont néanmoins séparés les uns des autres...

Il pointa de nouveau un doigt en direction des rats qui s'agitaient dans la cour.

— Regarde-les, Leticia. Voilà María Ruiz, morisque des Alpujarras, condamnée pour avoir continué au Mexique les pratiques de la secte de

Mahomet... Voici José Lumbroso, démasqué pour avoir imprudemment révélé qu'il ne mangeait ni lard, ni beurre, ni aucune viande de porc, et qui finit par déclarer que c'était une blague de prétendre que Jésus-Christ – qu'il appelait Juan Garrido – était le Messie, de même qu'il appelait la Vierge Marie Juana Hernández. Des blasphémateurs qui ne tenaient pas Jésus-Christ pour le Messie ; le Messie, eux, ils l'attendaient encore... Et moi, Florencio Corona, traité de suppôt du Démon, à la solde de Satan parce que je connaissais des choses que seul Satan pouvait m'avoir enseignées...

— Et elle ? demandai-je, angoissée.

— Elle s'est fait prendre, gémit Florencio en levant les yeux au ciel. Pour une chose que je lui avais demandée. Elle m'aimait. *Anima enim qui incircucissa fuerit, delebitur de libro viventum*, elle s'est fait prendre en train de me circoncire afin de sauver mon âme, et ils nous ont brûlés tous les deux...

— Et moi ? dis-je en imitant son gémissement.

Il éclata de rire.

— Il nous arrive de perdre nos forces, répondit-il. Il te revient de nous les rendre. Quand je t'en donnerai l'ordre, tu devras nous attacher au pieu dans la cour, rassembler le bois à nos pieds et mettre le feu...

— Et si je refuse ? m'exclamai-je d'un ton stupidement révolté, vaincue d'avance.

— Il y a les rats. Il y a un léopard. Tu n'as pas de porte de sortie.

Je sentis qu'il s'évaporait devant mes yeux.

— Regarde-les, disait la voix en s'éloignant. Ils ont un nom. Ils furent des hommes et des femmes. Nous nous sommes sacrifiés pour eux. Ils dépendent de ta charité... Ils continuent à vivre parce que nous mourons de temps à autre... Sois bonne, Leticia, charitable, miséricordieuse, comme ton éducation te l'a recommandé, ma chérie...

Je cherche une sortie. En vain. Les portes sont barricadées. Les fenêtres condamnées. Le léopard me surveille, il me suit partout de son œil jaune et de son œil bleu.

Je réussis à rédiger ces feuillets en cachette.

Je les envoie dans la rue par une fente du balcon.

Dieu fasse que quelqu'un les lise.

Dieu fasse que quelqu'un vienne à mon secours.

Le couple de ratons est revenu me tenir compagnie.

En bonne compagnie 9
La chatte de ma mère 65

DÉCOUVREZ LES FOLIO 2 €

Parutions de mai 2011

Dave EGGERS — *Du haut de la montagne, une longue descente*

Dave Eggers, auteur du *Grand Quoi* (prix Médicis étranger 2009) signe une nouvelle haletante, dans laquelle l'angoisse et l'absurdité des hommes croissent à mesure que le sommet approche.

Gustave FLAUBERT — *Un parfum à sentir ou Les Baladins* suivi de *Passion et vertu*

Dans ces deux textes méconnus, Gustave Flaubert, alors tout jeune écrivain, nous offre deux magnifiques portraits de femmes qui annoncent déjà l'inoubliable Emma Bovary.

Carlos FUENTES — *En bonne compagnie* suivi de *La chatte de ma mère*

Entre contes gothiques et fantastiques, le grand maître de la littérature mexicaine mène son lecteur par le bout du nez dans un univers inquiétant. Qui sont les morts, qui sont les vivants ?

Théophile GAUTIER — *La cafetière* et autres contes fantastiques

Vampires, succubes, fantasmes, cafetières dansantes… Trois contes étonnants par l'inventeur du « fantastique en habit noir ».

Ernest HEMINGWAY — *Une drôle de traversée*

Cette nouvelle inédite est à l'origine du célèbre roman d'Hemingway *En avoir ou pas*, adapté au cinéma par Howard Hawks (*Le port de l'angoisse*) avec Humphrey Bogart et Lauren Bacall.

Alona KIMHI — *Journal de Berlin*

Avec une écriture au pouvoir évocateur exceptionnel, Alona Kimhi, voix majeure de la jeune littérature israélienne, nous entraîne dans l'univers précaire et douloureux d'une jeune femme désemparée.

LUCRÈCE — *« L'esprit et l'âme se tiennent étroitement unis »*

Héritier d'Épicure et de Démocrite, Lucrèce dresse le tableau le plus lisible de la pensée matérialiste de l'Antiquité.
Un petit livre pour méditer sur le corps et l'esprit !

Claire MESSUD *Les chasseurs*
Un récit obsessionnel et fort de Claire Messud, une des voix majeures de la littérature américaine contemporaine.

Kenzaburô ÔÉ *Seventeen*
Inspirée de faits réels, cette nouvelle du grand maître de la littérature japonaise contemporaine (Prix Nobel de littérature 1994) nous plonge dans le mal-être du Japon des années soixante.

P. G. WODEHOUSE *Une partie mixte à trois* et autres nouvelles du green
Quelques nouvelles *so british* pour découvrir l'un des maîtres de l'humour anglais.

Composition IGS-CP
Impression Novoprint
à Barcelone, le 2 avril 2011
Dépôt légal : avril 2011

ISBN 978-2-07-044266-9 / Imprimé en Espagne.

181930